Gabriele Frydrych

# Dafür hast du also Zeit!

## Wenn Lehrer zu viel Spaß haben

Bibliografische Information der Deutschen Nationalbibliothek
Die Deutsche Nationalbibliothek verzeichnet diese Publikation in der Deutschen Nationalbibliografie; detaillierte bibliografische Daten sind im Internet über http://dnb.d-nb.de abrufbar.




| | | |
|---|---|---|
| Titelbild: | Anke Münnich | Greifswald |
| Fotos: | Eva Suchanek | Berlin; |
| | Privatbesitz | |
| Lektorat: | Jan Seifert | Kiel |
| Coaching: | Hans-Peter Schmidt | Berlin |

Herstellung und Verlag: Books on Demand GmbH, Norderstedt
ISBN 10: 3-8334-6269-8
ISBN 13: 978-3-8334-6269-6

# Inhalt

# 1. Frischer Wind

Bekanntlich riechen Schulen nach Moder, Angstschweiß und Turnschuhen. Unsere Schule aber nicht! Leichter Maiwind weht durch die Flure, es duftet nach Jasminblüten, sauberer Wäsche und Meer. Ausgeglichene Lehrer lustwandeln durch die Klassen, beugen sich hilfsbereit über freundliche Schüler, die in ihre Freiarbeit vertieft sind. Zufriedenheit und Lebensfreude umwehen den Besucher, sobald er das Schulgebäude betritt.

Wie das?

Wir haben drei junge Kollegen bekommen! Endlich haben frischer Wind, neuer Geist und Tatendrang Einzug gehalten! Die Presse überschlägt sich: Die weibliche Neuerwerbung ist noch keine 30 Jahre alt! Weil die vielen Journalisten im Schulgebäude doch eher störten, hat der Direktor eine Pressemappe herausgegeben, worin der detaillierte Lebenslauf der jungen Frau steht, ihre zwei Kinder und ihre pädagogischen Ideen vorgestellt und jede Menge Fotos angeboten werden. Natürlich haben die drei Neuen nicht die miese klassische Lehrerausbildung absolviert. In den letzten Jahren wurde häufig zu Recht festgestellt, dass es an der Uni niemanden gibt, der Lehramtsstudenten lebensnah auf ihren Beruf vorbereiten könnte. Eine Praxisoffensive im Studium wurde von einem arroganten Professor mit der Begründung abgelehnt, man würde nicht deshalb zum guten Lehrer, nur weil man den »Schlendrian irgendeiner Praxis« möglichst frühzeitig erlebe. Geschickt verschleiern viele Hochschullehrer – gefangen in ihrer pädagogischen Parallelwelt –, dass sie selber keine Erfahrung mit heterogenen Lerngruppen, Gewaltprävention und praktischer Psychologie haben. Woher auch? Wer an die Uni geht, möchte sich ja gerade nicht mit dem schnöden Alltag befassen.

Die Außenwirkung unserer Schule profitiert enorm von den jungen Kollegen. Bei den Neuanmeldungen standen die Eltern bis zur nächsten Straßenkreuzung Schlange. Denn zu der erfreulichen Verjüngung unseres Kollegiums kommt hinzu, dass die beiden anderen Neuzugänge Männer sind **MÄNNER!!!** Leitbilder und Idole für unsere Knaben! Und beide sind Sportlehrer! Sie klettern noch eigenhändig Seile hoch und rennen wie die Hasen. Da können die Greise im Kollegium nur schlucken.

Unsere neuen Kollegen sind Quereinsteiger. Anderen Lehrernachwuchs gibt es kaum noch. Studieren mussten sie nicht. Die junge Frau war Animateurin in verschiedenen Ferienclubs und ist im Umgang mit anspruchsvollen Kindern geübt. Der eine Jungmann war Ausbilder bei der Bundeswehr und der andere Zobeljäger in Sibirien. Sie haben das neue Schnellläufer-Referendariat absolviert und sich sämtliche methodischen Tricks und Kniffe so im Vorübergehen angeeignet. Der Inhalt wird sich später schon irgendwie finden. Diese Form des Referendariats wird von einer privaten Management- und Coaching-Agentur angeboten, ist aber nicht ganz billig. Dafür nimmt die Zahl der innovativen Methoden stündlich zu. Ein besonderes Highlight ist der Kurs »Tägliches Messen und Wiegen im Schulalltag«.

Die Kinder laufen den neuen Kollegen mit ihren Poesiealben und Fußbällen (»Bitte, bitte, ein Autogramm!«) hinterher. Sie wollen alle in die neuen Arbeitsgemeinschaften: »Fallschirmspringen«, »Überlebenstraining mit natürlicher Ernährung« (Regenwürmer, Moos und Flechten) und »Bühnen- und Talk-show-Präsentation«. Der ehemalige Bundeswehrmann hätte gern eine Waffensport-AG angeboten, aber das hat ihm die Schulrätin zu unserem Bedauern untersagt. Die macht es aber nicht mehr lange in ihrem Amt. Dann werden wir weitersehen. Eine Warteliste für den Kampf-Kurs gibt es schon.

Morgens, vor Unterrichtsbeginn, streichen verdächtig viele Lehrer um den Schulkopierer herum. Manchmal vergisst einer der Neuen dort ein Arbeitsblatt oder händigt es großzügig einem gierigen Altkollegen aus. »Was? Du hast keine Erfahrung mit Mind-Mapping?« Fast streicht der junge Mann dem Fachleiter mitleidig über die Glatze. Er kann es nicht glauben, dass manch seniler Uraltkollege noch mit einem Lehrbuch arbeitet. Unser Schulleiter hat im Eingangsbereich eine große Glaskabine mit einem Podest aufstellen lassen, mit Schreibtisch, Computer und Sessel. Auf dem Podest muss sich jeder der Neulinge eine vorgeschriebene Zeit ausstellen lassen. Eltern und Schüler stehen in dicken Trauben davor. »Sieh mal, ein junger Lehrer. Ob der überhaupt echt ist? Doch, der bewegt sich!« Dafür müssen die neuen Kollegen alle nur acht Stunden pro Monat unterrichten. Man will sie nicht gleich so verheizen. Zehn Stunden muss jeder von ihnen mit uns Supervision und Teamteaching machen. Die Neuen gehen mit besonders starrsinnigen Alten in die Klassen und führen vor, was zeitgemäßer Unterricht ist. Menschen über Vierzig haben bekanntlich keine Ideen mehr. Die über 50jährigen kann man ohnehin vergessen. Wir sind alle in Routine erstarrt und benutzen immer noch dieselben ausgelutschten und verblichenen Arbeitsblätter aus der Kaiserzeit. Keiner von uns hat jemals eine Fachzeitschrift oder einen Fortbildungskatalog angerührt. Seit unserer Verbeamtung haben wir jegliche geistige Tätigkeit eingestellt. Jeder pfuscht hinter fest verschlossenen Türen vor sich hin, und im Lehrerzimmer tauschen wir uns allenfalls über preisgünstige

Reisen und Golfschläger aus. Aber doch nicht über Pädagogik! Wir wollen einfach nicht wahrhaben, dass sich die Schüler in den letzten hundert Jahren geändert haben und dass die Methoden viel, viel wichtiger als irgendwelche Inhalte sind.

Was unsere jungen Kollegen vorführen, lässt uns in Ehrfurcht erstarren. Keine Stunde ohne Beamer, Smart Board und bunte Lernkärtchen. Sie haben uns auch die Keksdosenmethode beigebracht. Wie die geht? Wahrscheinlich werden an Ihrer altmodischen Schule noch Diktate geschrieben. Haben Sie eigentlich mal über das Wort »Diktat« nachgedacht? Modediktat, Herrschaftsdiktat? Diktat bedeutet: aufgezwungene, harte Verpflichtung, pfui! Bei uns schreibt keiner Diktate! Die Schüler können sich frei entwickeln. Wir bieten ihnen bei Aufsätzen höchstens Schreibvarianten an. Wenn wir »Buchschrift« üben, arbeiten wir für jedes Kind einen eigenen kleinen Text aus. Dafür haben wir ihre individuellen Rechtschreibprobleme gründlich analysiert. Jeder Text wird auf eine große Keksdose geklebt. Oben rein kommt ein Schlitz, das ist das Wichtigste. Das ganze Diktat wird in kleinen Teilsätzen (höchstens 4 – 5 Wörter) auf einzelne Kärtchen geschrieben und laminiert. Wenn die Kinder sich einen Satz eingeprägt haben, werfen sie ihn in die Keksdose! Das ist ein unheimliches Erfolgserlebnis für die Schüler! Erst haben wir Alten rumgemosert, wo denn im Lehrerzimmer die ganzen Keksdosen stehen und wie wir die Arbeit mit dem Laminieren schaffen sollten. Die erschütterten Blicke unserer jungen Kollegen ließen uns schnell beschämt verstummen. »Haben Sie denn noch nie etwas von Binnendifferenzierung gehört?!« Man kann im Lehrerzimmer vor Blechdosen zwar kaum noch treten, aber das Verzehren der 10.000 dänischen Butterkekse hat uns Kollegen viel enger zusammengeschweißt. Wenn wir mit unseren Dosen in den Deutschunterricht gehen, brauchen wir jetzt immer zwei Einkaufswagen.

Anfangs haben wir auf alles Moderne so widerspenstig reagiert, und die Junglehrer hatten es ganz schön schwer, uns frischen Wind in die Ohren zu blasen. Mittlerweile schauen wir ihnen andächtig zu und jede Menge ab. Fröhliche Unbekümmertheit und ein riesiges Kreativitätspotential haben sich im Lehrerzimmer und in allen Klassenräumen aufgetan. Die Kompetenzen aller Beteiligten wachsen mit jeder Minute, wir Lehrer überbieten uns im Evaluieren und Setzen von Standards. Jeder Kollege hat sein eigenes Schulprogramm erarbeitet. Unsere Mathe-Ergebnisse haben sich um 500 Prozent gesteigert! Moder und Angstschweiß sind verschwunden. Einmal in der Woche führt die Schulrätin ausländische Gäste durch unsere Hallen. Die junge Kollegin konnte letztens die Meute knipsender Japaner kaum abschütteln.

Was gäbe das für einen Ruck im Bildungswesen, wenn all die pädagogischen Senioren und Bremser endlich verschwänden. Und nicht nur dort. Stellen Sie sich junge, dynamische Menschen in der Politik vor: Kaum den Windeln entwachsen, regieren sie souverän unsere Republik. Denen würden Sie doch viel eher Ihr Vertrauen schenken als diesen ganzen alten Säcken. Gehen Sie in der Gemeinschaftspraxis nicht auch viel lieber zu dem Frischling aus dem Pathologie-Seminar? Was kann Ihnen Ihr verkalkter Hausarzt schon an Kompetenz und Wissen bieten? Der junge Zahnarzt bohrt viel schwungvoller und unbekümmerter als sein faltiger Chef. Selbst beim Friseur suche ich mir immer die Lehrlinge aus, die haben wenigstens kreative Ideen. Lieber eine kahle Stelle am Kopf als diesen altmodischen Meisterhaarschnitt! Hätten sich die deutschen Frauen anständig vermehrt, könnten sich überall junge Kräfte tummeln. So sind leider noch viel zu viele Schüler vom Fortschritt abgeschnitten. Junge Lehrer braucht das Land. Sofort! Dann klappt es auch mit PISA.

Endlich bekommen unsere vernachlässigten Knaben ein richtiges Vorbild!

## 2. Engagiert und kritisch

Frau Mahnke hat ein paar Semester Kunstwissenschaft studiert, aber wegen Max und Chantal das Studium aufgegeben. Sonst wäre sie Lehrerin geworden – und was für eine! Als hauptamtliche Mutter setzt sie nun ihre ganze Energie für die Erziehung ihrer Kinder und deren Lehrer ein. Letzteren fehlt jede Kontrolle, deshalb muss Frau Mahnke ihnen auf die Finger schauen (und zur Not auch hauen). Sie hat schließlich nebenbei eine Vorlesung in Pädagogik gehört. Misstrauen steht ihr ins Gesicht geschrieben, wenn sie in der Schule auftaucht. Egal, worum es sich handelt, man muss zunächst einmal von pädagogischer Bequemlichkeit, Unfähigkeit und Niedertracht ausgehen. Ob es die Methode zum Lesenlernen, die Sitzordnung oder die Hefterfarbe ist – alles muss mit Argwohn betrachtet und hinterfragt werden. Aber Achtung! Frau Mahnke lässt sich nicht von freundlichen Worten einlullen. Ein Lehrer muss stichhaltig begründen können, was er tut.

Chantal ist vor kurzem eingeschult worden. Sie hat eine ganz junge Klassenlehrerin bekommen. Zierlich und kaum größer als die Schüler. Mit honigblondem Pferdeschwanz und engen Jeans. Die wurde wahrscheinlich gleich nach dem Abitur eingestellt. So jugendlich, wie sie aussieht, kann sie gar nicht studiert haben. Typisch Lehrer: Kaum selber der Schule entwachsen, wollen sie flugs wieder zurück in deren muffige Geborgenheit. Frau Mahnke weiß doch, was für Leute Lehrer werden: Verkorkste Musterschüler, die sich perverserweise in der Schule wohlgefühlt haben und im »wahren« Leben keinen Fuß auf den Boden bekommen würden. Weil sie in der freien Wirtschaft gescheitert wären, gehen sie in die Schule zurück und quälen unschuldige Kinder.

Der erste Elternabend findet in der Aula statt. Frau Mahnke ist ein wenig enttäuscht, hatte sie doch nach diversen Stunden im »Lehrerfeind-Chat-Room« darauf gehofft, dass sich die Eltern in kleine Kinderstühle zwängen müssten und von einer erhöht sitzenden Lehrerin über ihre Aufgaben aufgeklärt würden. Gern hätte sie diese entwürdigende Situation für ihren ersten Protest genutzt. Schade. Aber es werden sich genug andere Gelegenheiten finden, der Klassenlehrerin die Meinung zu sagen. Frau Mahnke betrachtet die grazile Frau sehr skeptisch. Gerade für den Anfangsunterricht hätte sie sich eine erfahrenere Lehrkraft gewünscht, die weiß, was sie will. Nicht so ein kleines Mädchen, das unsicher vor den Eltern steht und Mühe hat, gegen den lamentierenden Chor anzukämpfen. Es geht um das »Muttiheft«. Einige Eltern kichern über die alberne Bezeichnung, andere schwenken triumphierend das kleine Vokabelheft, das sie längst im Fachhandel erworben haben. Ins »Muttiheft«, das die Vatis wohlwollend aus den banalen Alltagsgeschäften heraushält, schreibt die Lehrkraft Lobe, Termine, Versäumnisse und kleine Briefe: »Vanessa kann das A und das B schon auseinanderhalten!« Manche Eltern wünschen sich das Muttiheft mit Linien, andere hätten es lieber kleinkariert. Einige fordern, dass jeder Lehrer jeden Tag in jedes Heft ausführliche Beurteilungen einträgt.

Frau Mahnke denkt, dass die Junglehrerin wahrscheinlich ohnehin bald schwanger wird und auf Nimmerwiedersehen verschwindet. Noch schöner als eine kompetente, etwas ältere Lehrerin wäre allerdings ein gestandener Lehrer gewesen. Männer strahlen diese natürliche Autorität aus, die Frau Mahnke so schätzt. Seit ihr geschiedener Mann seine Kinder anderswo zeugt, fehlt Klein-Chantal das männliche Element, das sie auf ihrem Weg zum Frausein so dringend als Gegenpol braucht.

Im Verlauf des Elternabends kann es sich Frau Mahnke nicht verkneifen zu fragen: »Warum haben unsere Kinder eigentlich keinen männlichen Klassenlehrer bekommen? Immer werden sie nur von Frauen umgeben und erzogen! – Außerdem müsste man so einer jungen Kollegin doch einen Supervisor an die Seite stellen! Haben Sie überhaupt Erfahrung mit Erstklässlern?« Zustimmendes Gemurmel kommt auf, die mädchenhafte Lehrerin wird verlegen, der anwesende Schulleiter beschwichtigt und verweist auf die exzellenten Examensnoten der neuen Kollegin. »Na, wir werden ja sehen!«, sagt Frau Mahnke zu ihrer Nachbarin und nimmt sich vor, besonders wachsam zu sein. Chantal ist schließlich kein Übungsobjekt. Dann fordert Frau Mahnke die Erstellung einer Telefonliste. Sie schätzt den Gedankenaustausch mit anderen Müttern. Man erfährt dabei viel Interessantes über die Kinder, den Unterricht und vor allem über die Lehrer. Sie nimmt sich vor, bald einen Elternstammtisch zu gründen, natürlich ohne die Lehrkraft. Bei ihrem Sohn Max war das sehr nützlich, um Maßnahmen gegen die Willkür und Faulheit der Lehrer zu treffen. Ihr Ex-Mann tat das gern als »Tratscherei« ab. Aber dem war die schulische Zukunft seiner Kinder ohnehin egal. Er vertrat die abwegige Ansicht, dass Kinder und Lehrer besser klarkommen, wenn die Eltern sich nicht in alles einmischen.

Da Chantals Grundschule gleich um die Ecke liegt, sieht Frau Mahnke dort öfter mal nach dem Rechten. Ihr Sohn Max hat in seiner Grundschulzeit einen Apfelbutzen an den Kopf bekommen, und die Aufsicht führende Lehrerin hat das nicht gesehen! So musste Frau Mahnke Strafanzeige gegen Unbekannt stellen. Natürlich hat die Lehrerin dafür auch eine Dienstaufsichtsbeschwerde bekommen. Aber man konnte ihr leider nichts anhaben. Sie war nachweislich damit beschäftigt, einen

Sechstklässler zu entwaffnen, als der Apfelbutzen Max am Hinterkopf traf. Chantalchen soll so etwas nicht passieren!

Wenn Frau Mahnke Chantal von der Schule abholt, wartet sie immer auf die Klassenlehrerin. Das dauert eine Weile, denn die Frau bummelt ganz schön, obwohl sie ja vermutlich zum Tennisplatz will. Endlich kommt sie mit vier Taschen, einem Rucksack und einem Stapel Hefte aus dem Gebäude und wirkt ein wenig abweisend, als Frau Mahnke mit ihr sprechen will. Ob sie nicht mal einen Termin ausmachen sollten, um alles in Ruhe zu bereden? »Es geht ganz schnell!«, sagt Frau Mahnke. Und fragt nach, warum immer noch keine Klassenarbeiten geschrieben werden, warum in Chantals Hausaufgaben das Wort »Prinzessin« nicht korrigiert worden ist, wieso der Tuschkasten nicht in der Schule bleiben kann und wie sie als Mutter Chantals Übergang ins Gymnasium vorbereiten könne. »Aber die Kinder sind doch gerade erst eingeschult worden«, entgegnet die Lehrerin entsetzt. Frau Mahnke hat es gleich gewusst: So eine Kuschelpädagogin, die mit den Kindern nur Stuhlkreise bilden und »diskutieren« will. Das erspart ihr natürlich lästige Vorbereitungen und Korrekturen! Frau Mahnke nimmt sich beherzt vor, in den nächsten Jahren keinen einzigen Kuchen für die Schule zu backen.

Eines Tages gibt die Klassenlehrerin vor, es besonders eilig zu haben, und lässt Frau Mahnke mit einer kurzen Entschuldigung einfach auf dem Schulhof stehen. Eine Unverschämtheit! Darüber wird sich Frau Mahnke beim Rektor beschweren. Bei der Gelegenheit kann sie sich auch gleich erkundigen, wieso die Kinder noch nicht multiplizieren können, wann endlich die Klassenfahrt nach Japan stattfindet und was aus der frühen »Begegnung mit der Fremdsprache Englisch« werden soll, wo doch die vorgesehene Fachkraft seit Monaten krankfeiert. »Ist

Herr Schnabel vom Abendblatt nicht auch Vater in der Klasse?« Ein kleiner Hinweis auf enge Beziehungen zur Lokalpresse soll sich auf unwillige Schulleiter sehr motivierend auswirken.

Diese und andere nützliche Erfahrungen hat Frau Mahnke in all den Kämpfen um ihren Erstgeborenen erworben. Max ist hochbegabt. In einem Illustriertentest hat er einen IQ von 190 erreicht. Eigentlich könnte er jede zweite Klasse überspringen, aber seine Lehrer verweigern das und verweisen auf Max' angebliche soziale Unreife und Verspieltheit. Den durchschnittlichen Lehrern wächst der Junge mit seiner Intelligenz eben einfach über den Kopf. Deshalb müssen sie ihn klein halten. Sie wollen nicht verstehen, dass sein Gezappel und seine Aggressivität daher rühren, dass Lehrer und besonders Lehrerinnen ihn zu Tode langweilen.

Am Ende seiner Grundschulzeit bekommt Max nur eine Realschulempfehlung. Der Klassenlehrer hat noch die Frechheit, der protestierenden Mutter eine Gesamtschule vorzuschlagen. Bevor Frau Mahnke ihren Rechtsanwalt aufsucht, lässt sie Max bei einer befreundeten Psychologin testen. Die kommt zwar nur auf einen mittleren IQ-Wert, will aber eine vorliegende Hochbegabung nicht völlig ausschließen. Wahrscheinlich ist Max' Intelligenz durch die ständige Unterforderung in der Grundschule so extrem gesunken. Es ist allerhöchste Zeit, dass er Gymnasial-Futter bekommt. Elternwunsch geht vor Lehrerempfehlung, und da auch die Gymnasien mit dem Geburtenrückgang zu kämpfen haben, wird Max trotz der Fünf in Mathe aufgenommen.

Allerdings sind die Unterrichtsbeamten am Gymnasium wesentlich schlimmer als die Grundschullehrer. Sie verschanzen sich hinter ihren dicken Fachbüchern und tun immer äußerst beschäftigt. Der Geschichtslehrer weigert sich, zum Elternabend zu erscheinen mit der fadenscheinigen Begründung, er habe insgesamt fünfzehn Klassen und könne nicht überall hingehen. Die Herren Studienräte halten Max für überfordert und wollen ihn nicht gezielt motivieren, damit er sein Potential entfalten kann. Der Klassenlehrer wedelt mit dem Schülerbogen herum und verkündet, dass Max das Probehalbjahr nicht bestehen wird. Er hätte ja schon in der Grundschule deutliche Leistungsdefizite gezeigt. Der Rechtsanwalt empfiehlt Frau Mahnke eine Klage. Und das Verwaltungsgericht entscheidet, dass die eine Sechs in Mathe nicht vom Schüler zu verantworten ist. Max hatte unentschuldigt gefehlt und dafür in einer Klassenarbeit null Punkte erhalten. Nach dem neuen Schulgesetz hat er jedoch das Recht, diese Arbeit nachzuholen, selbst wenn er den Nachschreib-Termin noch dreimal unentschuldigt versäumt. Das Gerichtsurteil erlaubt Max, am Gymnasium zu bleiben. Frau Mahnke befürchtet nun, dass die Lehrer ihn aus Rache nicht versetzen werden. Seither führt sie genaue Protokolle, wann welcher Unterricht ausfällt, und wird sich mit dieser Statistik rechtzeitig an ihren Freund, den Lokalredakteur, wenden. Der pflegt Lehrern gegenüber eine besondere Antipathie, seit er das zweite Staatsexamen für das Lehramt nicht bestanden hat.

Abends begibt sich Frau Mahnke wie üblich in ihren Lieblings-Chat-Room und tauscht mit anderen engagierten Eltern Erfahrungen und Tipps aus, wie man über Lehrerlaunen und Machtmissbrauch obsiegt. Ihr journalistischer Freund hat ihr geraten, darüber ein Buch zu schreiben. Der Markt würde nach solchen Offenbarungen aus kompetenter Hand geradezu schreien.

## 3. Eure Armut kotzt mich an!

Ein paar Journalisten regen sich darüber auf, dass es an einer staatlichen Schule jetzt zwei Sorten von Toiletten gibt: die alten vergammelten und stinkenden für umsonst und saubere Luxusklos gegen ein Entgeld von 10 Cent. Dort sitzt eine Toilettenfrau, teilt Klopapier zu und wischt die Brillen ab. Besonders amüsant ist das Ganze, weil es an einer Gesamtschule stattfindet – an einem Hort jahrzehntelanger öder Gleichmacherei, wo man Hochbegabten ignorant die Flügel stutzte und der Unterricht nach dem Schema ablief: »Ein Bauer will auf dem Markt zwei Zentner Kartoffeln verkaufen. Die Erzeugerkosten betragen 40 €, der Bauer will einen Gewinn von 10 € erzielen. Male einen Sack Kartoffeln und sing ein Lied dazu!« Die Gesamtschule mit der Toiletten-Revolution befindet sich außerdem in Nordrhein-Westfalen, einer Keimzelle roter Bildungspolitik. Endlich ist man auch hier in der Gegenwart angekommen und bekennt sich offen zur Zwei-Klassen-Gesellschaft!

»Was fällt, soll man stoßen!« Mein alter Lateinlehrer liebte Darwin und hielt gern Vorträge über linksfaschistische Studenten. Er predigte uns regelmäßig, dass wir eines Tages die Elite der Gesellschaft bilden würden. Das Faszinierendste an diesen Predigten war seine Armbanduhr mit eingebautem Wecker. Wenn er zehn Minuten über Tagespolitik und Philosophie des Altertums doziert hatte, schnarrte es, und wir kehrten zu Ovid zurück, allerdings nur zu den »anständigen« Texten. Die schmutzigen las er mit auserwählten Knaben nachmittags, im Anschluss an den Unterricht. Unkeusche Stellen hätten in seinen Augen unsere reinen Mädchenherzen auch gar zu sehr verstört. Es war 1968. Aber ich schweife ab.

Auch damals suchte man schon Schlupflöcher für »begabte Kinder«, die nicht jahrelang mit dem »Pöbel« in eine Klasse gesperrt werden sollten. In Berlin, das noch heute – trotz der Invasion der Bonner Beamten – starrsinnig an der sechsjährigen Grundschule für alle festhält, gab es althumanistische und streng katholische Erziehungsanstalten. In denen waltete ein nur dem Edlen, Guten und Schönen verpflichtetes Bildungsmilieu, dem man sein Kind bereits nach der 4. Klasse vorbehaltlos anvertrauen konnte. Nach sorgfältiger Handverlesung durch den Schulleiter! Dort strebte es gemeinsam mit den Söhnen und Töchtern von Senatsdirigenten, Fabrikanten und Dekanen frühzeitig nach Höherem, behütet von Tennis spielenden Mamis, die akademisch durch ein paar Semester Literaturwissenschaft an einer Schweizer Uni geweiht waren und nun als »verehrte, gnädige Frau« in Jugendstilvillen Hof hielten. Man blieb unter sich und konnte endlich zusammen rudern, reiten und segeln, ohne sich für seine Privilegien schämen zu müssen.

Drei Sozialfälle pro Jahrgang gab es auch. Die blieben bei Klassenfahrten lieber daheim, weil es ihren Eltern peinlich war, Zuschüsse zu beantragen. Über deren dunkle Familienverhältnisse munkelten wir gern. Dem einen dichteten wir eine anschaffende Mutter an – dabei war er höchstwahrscheinlich nur unehelich. Eine Freundin hat mir später mal anvertraut, dass sie auch auf einem dieser Bildungsleuchttürme war. Zu ihrer Mutter, die keinen durch Geld und Titel geadelten Gatten vorweisen konnte, hatte der Schulleiter gönnerhaft gesagt: »Wir nehmen ja Kinder aus allen Schichten.«

Wenn einem Elite-Schüler die intrinsische Motivation abhanden kam, versprachen ihm seine Eltern Weltreisen, Führerscheine und Reitpferde, damit er es – trotz allen geistigen

Unvermögens – bis zum Abitur aushielt, dieser offiziellen Eintrittskarte in die bessere Gesellschaft. Kein Abitur? Unvorstellbar. Wie soll man das im Tennisclub erklären? Wie soll das Kind später die väterliche Praxis übernehmen?

An den Universitäten wurde währenddessen der Umsturz geprobt. Statt Goethe las man in Germanistik-Seminaren »Das Kapital« und studierte die Geschichte des spanischen Bürgerkriegs. Linke Pädagogen propagierten »Chancengleichheit« und »Bildungsgerechtigkeit«. Im Fernsehen versuchte man mit amerikanischen Kindersendungen wie der »Sesamstraße« der Unterschicht spielerisch das Einmaleins und das Alphabet beizubringen. Blauäugige Studenten bewarben sich gezielt an Hauptschulen. Dort wollten sie Arbeiterkindern den Weg ins Leben zeigen, wenn nicht gar revolutionäre Wünsche in ihnen wecken, und sie nicht mehr für die Bedürfnisse des Kapitals ausbilden.

So nahm der Untergang der deutschen Kultur seinen Lauf. Lehrer verkumpelten sich mit Schülern, sangen mit ihnen Partisanenlieder und setzten ihnen Brecht-Lehrstücke vor. Sie trieben die ihnen Anvertrauten in umstürzlerische Kindertheater und hetzten sie gegen natürliche Autoritäten auf. Den neuen Gesamtschulen wurde der gesamte Bildungsetat in den Rachen geworfen. Realschulen und Gymnasien, die in deutschen Landen glücklicherweise nie ganz abgeschafft wurden, blieben materiell auf der Strecke und verzehrten sich nach Mediotheken, Werkstätten und Druckereien.

In dem enthüllenden Buch einer jungen Frau kann man nachlesen, wie die bösen 68er Deutschland unterwandert und zermürbt haben. Endlich wird klar, wer an allen gesellschaftlichen Missständen die Schuld trägt, egal, ob es Korruption und Gewaltzunahme oder Moralverlust, Rechtsextremismus und PISA-Elend ist. Es sind die 68er. Das ist auch ein beliebtes Erklärungsmodell für viele Menschen in den neuen Kolonien, denen das persönliche Erlebnis einer Studentenbewegung und der Aufstand gegen die Altvorderen versagt geblieben sind.

Glücklicherweise nähern sich die Altlinken dem Pensionsalter und protestieren nur noch müde gegen neue Heilsbringer wie Globalisierung, Elitenbildung, Darwinismus, Vererbungslehre, Gentechnik und Spätkapitalismus. Leise klagen sie über die wachsende Kluft zwischen Arm und Reich, Gebildet und Ungebildet. Vielleicht beglücken sie uns noch mit der ein oder anderen wehleidigen Biografie.

Aber es gibt nun mal kein Geld mehr! Jedenfalls nicht für alle. Breitenförderung können wir uns einfach nicht mehr leisten, weder im Sport noch in der Kultur – und schon gar nicht in der Bildung. Da haben die »verehrte, gnädige Frau« und ihr von Terminen gehetzter, von ach so viel Verantwortung zermürbter Gatte schon Recht! »Das bisschen Geld muss gezielt dort investiert werden, wo qualifiziertes Humankapital darauf wartet!« – Dort, wo die vielen riesigen Yachten liegen, die Fünf-Sterne-Restaurants, Wellness-Oasen und Kreuzfahrtschiffe locken, die exklusiven Hotels entstehen – mit Zimmerpreisen, die weit über dem Sozialhilfesatz liegen. Dort, wo die silbernen Porsches mit den ehrlichen Aufklebern parken: »Eure Armut kotzt mich an!«

Deutschland braucht eine bessere Außenwirkung, mehr Olympiasieger, Fußballstars, Computerspezialisten und Führungskräfte. Wir brauchen mehr Schnellläuferklassen, High-Society-Internate, Exzellenz-Programme und Privathochschulen! Lasst uns mehr »Leuchttürme der Bildung« bauen. Für die Elite das Geld, für die Masse Brot und Spiele!

# 4. Hefeteig und Mandala

Fortbilden? Wozu das denn? Ich habe doch ein solides Referendariat in einem südlichen Bundesland durchlitten, pardon, absolviert! Eine solch gestrenge Zucht reicht für 50 Dienstjahre. Deswegen brauche ich auch keine pädagogischen Fachzeitschriften und Kongresse. Meine Arbeitsblätter, die sich vor 20 Jahren bewährt haben, benutze ich natürlich heute noch. In Deutsch lese ich stets den »Schimmelreiter« und »Die Räuber«, egal, welche Schüler erwartungsvoll vor mir sitzen. Ab und zu klaue ich einem jüngeren Kollegen einen Übungsbogen, da sind immer so hübsche Bilder zum Ausmalen und Ausschneiden drauf.

Leider erwischt mich der Schulleiter eines Mittags, als ich gerade ins Strandbad will. Er fuchtelt vorwurfsvoll mit einer Zeitung vor mir rum. Darin steht, das deutsche Schulsystem kranke vor allem daran, dass sich verstockte Lehrkräfte einfach nicht weiterbilden wollen. Bisher haben mich Fortbildungskurse wirklich kaum interessiert. Ich dachte, sie seien für frustrierte Hausmänner, Studienversager oder wieder eingegliederte Pensionäre. Aber doch nicht für mich, die Perle der Gattung »Lehrer«. Ich weiß schließlich alles (besser).

Mein Schulleiter erklärt: »Nächstes Wochenende findet das Seminar ‚Methodenvielfalt und Sozialkompetenz' statt. Der Schulrat wünscht ausdrücklich, dass ein Vertreter unserer Anstalt daran teilnimmt.« Ich empfehle freundlich den Kollegen Walter und die Kollegin Külpmann, denen eine solche Fortbildung sehr gut tun würde. Aus sicherer Quelle weiß ich, dass sie an diesem Wochenende in ein sächsisches Romantikhotel fahren wollen. Allerdings ohne ihre jeweiligen Ehepartner.

Doch der Schulleiter knurrt: »Es wird Zeit, dass Sie sich mal zu einer Fortbildung melden!« und schwenkt bedeutungsvoll die Ergebnisse meiner letzten Deutschklausur. Schweren Herzens verzichte ich auf den geplanten Opernbesuch, die Weinverkostung und den Segeltörn und mache mich auf den Weg zur Heimvolkshochschule Unterdüren.

Am Vollwert-Büfett treffe ich auf Heerscharen knabbernder Kollegen und Kolleginnen. Der eiserne Wille zur Innovation funkelt in ihren Augen. Unser Kursleiter – »Ich bin der Jochen« – empfängt uns mit Frohsinn und Namensschildern, die wir uns anstecken müssen. Er heißt uns, Paarformationen zu bilden. Da ich nicht gleich lossprinte, muss ich mich mit einem faden Werner, Oberstudienrat aus Wanne-Eickel, zusammentun. Der knackige Referendar mit dem Pferdeschwanz, der mir eher zugesagt hätte, geht derweil hilflos in einem Haufen verklärt blickender Lehrerinnen unter, bevor ihn Kursleiter Jochen einer reifen Montessori-Pädagogin zuführen kann. Die Partner sollen sich zum Kennenlernen innig umarmen und danach einander den Rücken warm trommeln. Zögernd schlage ich auf Werners Hohlkreuz ein, während er in sein Trommeln all die Frustrationen legt, die sich bei ihm nach den vielen feindseligen Publikationen über Lehrer angestaut haben. Ich beiße heldenhaft die Zähne zusammen. Meine Freunde in Berlin sitzen gerade am Wannsee und gurgeln mit edlen Weinen.

Ich hingegen muss in einem Stuhlkreis Platz nehmen, die Augen schließen, die Hände auf den Bauch legen und in mich hineinhören. Außer dem Grummeln durch die ungewohnten Vollkornbrötchen und Rohkostschnipsel höre ich nichts. Die anderen Teilnehmer hören jedoch ganz viel und tragen es bedeutsam vor: ihre momentane Befindlichkeit und ihre Erwartungen an den Kurs. »Genau das erhoffe ich mir auch!«, schließe ich mich schnell den Worten meiner Vorrednerin an, die sich mehr Selbstkompetenz und Teamfähigkeit wünscht.

Nun sollen wir aufsagen, wie wir heißen, und bei unserem Namen eine typische Handbewegung machen. »Ich bin die Waltraut!« verkündet ein quergestreiftes Schwergewicht und führt mit den Armen einen mächtigen Kreis aus. Nun müssen wir alle »Ich bin die Waltraut« wiederholen und mit den Armen einen Kreis formen. Ich sehe mich um, ob bei anderen Teilnehmern auch ein mokantes Lächeln aufblitzt, aber alle machen eifrig mit. Ich sage meinen Namen und tippe mir – destruktiv wie immer – mit dem Finger an die Stirn. Der Kursleiter mustert mich traurig und teilt mit: »Das ist ein ganz wunderbares Kennenlernspiel für neue Klassen! Man muss sich natürlich darauf einlassen können.«

Es gibt mir einen großen Ball, den wir uns mit der Frage »Was sind meine Stärken und Schwächen?« zuwerfen sollen. Ich versuche, den knackigen Referendar mit dem Pferdeschwanz abzuschießen. Leider schnappt sich seine Nachbarin den Ball. Für deren Innenleben interessiere ich mich aber nicht sonderlich. »Ich bin die Jutta aus Darmstadt. Ich kann gut organisieren, bin offen und kontaktfreudig und kann mit Kritik umgehen. – Meine Schwächen? … Also, ich habe bestimmt auch ganz viele Schwächen, aber die fallen mir jetzt gerade nicht so ein. – Äh, ich bin vielleicht manchmal etwas zu emotional und spontan?« Und »hups« macht der Ball und fliegt durch die Scheibe. So kommt das viel versprechende Spiel zu einem abrupten Ende.

Nach dem Einsammeln der Scherben müssen wir mit einem Kissen reden. Das hat »Ich bin der Jochen« aus der Gestalttherapie übernommen. Das Kissen ist der Schulleiter, dem wir jetzt mal ordentlich die Meinung sagen können. Jutta aus

Darmstadt schlägt mit beiden Armen auf das Kissen ein und beschwert sich lautstark über die vielen Schikanen und Vertretungsstunden, während Werner aus Wanne-Eickel das Kissen im Arm hält und tröstend streichelt. Ich habe noch nie mit einem Kissen gesprochen und erkläre, dass ich mit meinem Schulleiter nicht die geringsten Probleme hätte. Daraufhin soll ich das Kissen loben. Ich weigere mich. Der Kursleiter weist darauf hin, dass er die Fortbildungsbescheinigungen nur vergibt, wenn sich alle engagiert einbringen. Also gehe ich zu dem roten Kissen und murmele: »Ist schon okay, wie Sie das alles hinkriegen. Ich möchte kein Schulleiter sein. Schönen Dank, dass ich zu der Fortbildung durfte.«

Nach einem gesunden Essen – Tofupuffer an Dinkelkegeln – geht es weiter. Jeder bekommt einen Gruppen-Arbeitsauftrag und muss seine Teamer dazu selber aufspüren. Ich wandere durch den Saal und suche mindestens zwei Kollegen, die an einer Katzenallergie leiden und Vegetarier sind. Mit denen soll ich ein Cluster zum Thema »Der pädagogische Visionär« herstellen. Dazu schreiben wir wichtige Begriffe auf Packpapierbogen. Anschließend verbinden wir alles mit Pfeilen und bekleben mit unseren Plakaten die Wände.

Unsere Nachbargruppe bastelt Mobiles. Die Begriffe, die daran hängen sollen, müssen äußerst sensibel ins Gleichgewicht gebracht werden: z.B. Motivationsschub, Zeithaushalt, Entgrenzung, Selbstevaluation und Schulphobie. Werner aus Wanne-Eickel fertigt mit seinem Team kleine Kartons an, in die wir später unsere Sorgen und Nöte in Zettelform abladen können. Die Gruppe mit der spontanen Jutta übt sich im »stillen Dialog«. Keiner darf reden, dafür schreiben sie um die Wette tiefgründige Gedanken ans Flipchart. Das Thema bleibt etwas unklar. Der Kursleiter zeichnet alle Aktivitäten mit der

Videokamera auf und gibt zwischendurch stumme Impulse. Bei den Mobiles nickt er zustimmend, dem eifrigen Werner legt er anerkennend die Hand auf die Schulter, bei meiner Gruppe zieht er die Augenbrauen hoch. Er hat meine Stichwörter »Methodenschwachsinn« und »Pillepalle« entdeckt.

Anschließend stellen wir unsere Ergebnisse vor. Eine Gruppe hat ein schönes Standbild aus ineinander verknoteten Personen gebildet. Leider kommt keiner darauf, dass dieses Monument die Zerrissenheit des modernen Pädagogen darstellt. Wir tippen eher auf Schulhofprügelei oder Computer-Verkauf bei Aldi. »Was macht das jetzt mit euch?«, fragt der Kursleiter das Standbild. »Ich weiß nicht so genau,« meint die Gruppensprecherin, »ich muss das erst mal sacken lassen.« Die dicke Waltraut teilt mit, dass sie sehr betroffen sei.

»Machen wir schnell ein Blitzlicht. Jeder von euch erzählt, wie er sich gerade fühlt«, ordnet der Kursleiter ein. Ich möchte meine schwarzen Gedanken nicht enthüllen und verdrücke mich nach draußen in die Raucher-Schmuddelecke, obwohl ich nicht rauche. Dort treffe ich auf den Pferdeschwanz-Referendar, der seiner Arbeitsgruppe schon vor einer Stunde entflohen ist. Sie sollten produktorientiert arbeiten und einen pädagogischen Hefezopf backen.

»Dabei steht jede Zutat sinnbildlich für eine Grundvoraussetzung erfolgreichen erzieherischen Handelns«, klärt mich der junge Mann feixend auf. Die Rosinen verkörpern z.B. die kreativen Momente im Schulalltag. Der Referendar hat sich eine Handvoll geklaut und gibt mir ein paar ab. Wir beide ahnen zu dem Zeitpunkt noch nicht, dass zum Seminarausklang alle Teilnehmer ein Stück vom Hefeteig mitnehmen müssen. Den kann man durch Anreichern von Eiern und Milch noch jahrelang am Leben halten und als Symbol gemeinsamen Strebens und Wirkens an reformresistente Kollegen und Kolleginnen weiterreichen.

»Ich bin der Jochen« gibt mir mein Teilnahmezertifikat nur widerstrebend. »Du musst noch viel an deiner sozialen Kompetenz arbeiten. Wie willst du die Kinder gewinnen, wenn du soviel Ironie und Abwehr in dir trägst? Ich könnte dir eine gute Atemtherapie empfehlen, damit du zu deinen inneren Widerständen vordringst.« Blödmann. Wie kann man nur ein solches Sendungsbewusstsein haben. Er gibt mir viele schöne Prospekte mit. Zum Beispiel Reinkarnationstherapie auf Gomera. Vielleicht könnten wir das als Kollegiumsfortbildung machen... Der Schulleiter wird über diesen Vorschlag begeistert sein! Und erst über den pädagogischen Hefeteig und das schöne Gruppenmandala!

»Nun kann die nächste PISA-Studie kommen!«, jauchzt er und umarmt mich. Ich muss doch sehr bitten.

**Auf der Suche nach dem inneren Gleichgewicht**

## 5. Müll

Um die Auflage zu steigern, hat sich eine große Zeitung dem Umweltschutz verschrieben und die Schulen der Stadt zum Waldsäubern aufgerufen. Die Klasse, die den meisten Abfall sammelt, gewinnt Papierkörbe zum Mülltrennen oder einen Zuschuss für die nächste Klassenfahrt. Der Schulleiter möchte, dass seine Anstalt geschlossen an der Aktion teilnimmt. Wegen der guten Außenwirkung. Einige destruktive Kollegen verwahren sich auf der Gesamtkonferenz dagegen: »Immer müssen die Schulen ran, wenn das öffentliche Geld fehlt. Müssen wir denn immer die Heilstätte der Nation spielen?«

Der Schulleiter und die anwesenden Elternvertreter sind empört: »Was, Sie wollen Ihren Schülern diese Problematik nicht vermitteln? Sind Sie etwa nicht für Umweltschutz?«

»Machen beim Müllsammeln eigentlich die Journalisten dieser Zeitung mit? Die könnten doch mal mit gutem Beispiel vorangehen«, mosert der Kunstkollege.

Der Schulleiter ignoriert diese und alle weiteren Äußerungen zum Thema. Da die Schulkonferenz (ein paar Lehrer, Eltern, Schüler, der Schulleiter) die Aktion längst beschlossen hat, muss das Kollegium sich ohnehin fügen.

Mein Kollege und ich haben uns entschieden, in einen Wald an der Stadtgrenze zu fahren. Dort soll es reichlich Sammelmaterial geben. Meine Schüler reagieren mit verhaltener Begeisterung.

»Wir machen das für einen guten Zweck. Und vielleicht gewinnen wir wirklich den Preis für die Klassenfahrt. Das Geld, das ihr bekommt, verdoppeln wir«, versprechen wir und hoffen, dass der Betrag nicht zu hoch ausfällt... Einige Schüler tragen die roten Plastikwesten mit dem Namenszug der Zeitung, andere haben das peinliche Teil im Rucksack verstaut. Außerdem sind wir alle mit einer Zange, mit dünnen Gummihandschuhen und einem Eimer ausgerüstet. Mein Kollege und ich natürlich auch. Auf dieser »Exkursion« betrachten uns ein paar Leute im Bus sogar mit Wohlgefallen. Gewöhnlich sehen sie eher angestrengt und missmutig aus, wenn eine Schulklasse einsteigt. Dabei schaukeln meine kleinen Chaoten noch nicht mal an den Haltestangen oder spielen Einkriege im Bus.

Schon auf dem ersten Parkplatz kurz hinter Berlin entdecken wir jede Menge Kippen, fein säuberlich in einzelnen Häufchen. Warum sollten Autofahrer sich die Mühe machen, ihre Aschenbecher in den Hausmüll zu leeren? Rauf auf den Parkplatz, Fenster auf, Kippen raus. Das ist zeitsparend und praktisch. Finn will keine Kippen aufheben. »Das bringt doch nüscht, weder Masse noch Gewicht. Damit gewinnen wir keinen Preis.« Er sucht lieber in den Büschen nach geeigneten Beutestücken. Dort hat jemand alte Fliesen und ein paar Konservendosen deponiert.

Es ist bullig warm. Kaum ein Vogel lässt sich sehen. Nur ein Milan kreist über uns und sucht auch nach Beute. Nach einer Stunde »Waldspaziergang« sind wir etwas erschöpft. »Sehen Sie mal, Frau Frydrych, dort steht ein Sofa!« Tatsächlich. Auf einer Lichtung erwartet uns eine blaue Couch, die man sogar ausziehen kann. Daneben locken ein paar befleckte Matratzen die Wanderer zur Vesper. Meine Schüler hüpfen vergnügt darauf herum, bis die Sprungfedern rauskommen. Dann untersuchen sie die Bierflaschen, die um die Matratzen herum verstreut sind. Vielleicht ist ja noch eine volle dabei.

Merlin betrachtet mit klinischem Interesse eine Sammlung bunter Kondome. »Iih, tu die weg, das ist eklig!«, schimpft Marie, die einen formschönen Kinderwagen entdeckt hat und ihren Müll darin spazieren fährt.

Mein Kollege hebt mit der Zange eine defekte Strumpfhose hoch und legt sie sorgfältig in seinen Eimer. Er schüttelt traurig den Kopf über den ganzen Unrat in der Natur. Wo immer man mit seinem Auto auf den Waldwegen noch fahren darf, liegen alte Tapetenrollen, Blumentöpfe, Kühlschränke und Fernsehapparate.

»Bei uns in der Siedlung wurden die Mülltonnen umzäunt und eingeschlossen. Denn abends sind immer irgendwelche fremden Leute vorgefahren und haben einfach Autoreifen, Monitore und große blaue Plastiksäcke abgeladen. Tja, die Müllabfuhr ist teuer. Da benutzt man doch lieber die Container anderer Leute«, erklärt mein Kollege und hebt eine leere Kekspackung auf.

Kemal läuft neben uns her und sagt: »Meinem Vater ist mal der Autoschlüssel in den vollen Müllcontainer gefallen.«

»Und? Was hat er da gemacht?«

»Na, er hat meinen kleinen Bruder reingehoben, der musste den Schlüssel suchen.«

Mein Kollege sinniert über die Generation, die alles sammeln und horten muss. »Die alten Leute können echt nichts wegwerfen. Jeder Joghurtbecher, jede Plastikschachtel, jede Tüte wird aufgehoben. Und wenn man aus Platzgründen doch mal was entsorgen muss, stellt man es neben die Mülltonnen.

Vielleicht braucht es jemand. Bei uns stehen da ständig Sachen zum Mitnehmen: Bücher, Wäscheständer, Handtaschen, Weinflaschen. – Jahrgang 1971.«

Ich muss grinsen, denn meiner Sippe fällt es auch schwer, Dinge einfach wegzuwerfen. Also verschiebt man sie innerhalb der Familie. Wenn ich meine Tante besuche, tauschen wir immer Plastiktüten mit Büchern und Klamotten aus, die wir nicht mehr brauchen. Für das Zeug, das ich loswerde, bekomme ich sofort neuen Kram. Den bringe ich bei Gelegenheit meiner Mutter vorbei, die ihrerseits auch schon einen Stapel alter Broschüren, Fotos und Bücher für mich bereithält. Manchmal interessieren sich meine Neffen noch für die ein oder andere »Kostbarkeit«.

Während wir auf die Schüler warten, die zwischen märkischen Kiefern verstreut sind, erzähle ich von meinem Umzug im Frühjahr: »Ich wollte meinen neuen Keller einräumen. Der Hausmeister hat das Schloss entfernt, das die Verwaltung angebracht hatte. Er hat mich gewarnt, den Keller längere Zeit offen stehen zu lassen. In einem anderen Haus hätten die Mitbewohner sofort all ihren Müll in einen freien Keller gestellt. Als der Mieter nach drei Tagen zurückkam, war kein Platz mehr für seine Kartons. – Ich bin natürlich sofort losgetrabt und habe mir ein Vorhängeschloss gekauft. Hinterher war ich mir nicht mehr sicher, ob die alten Lackdosen schon vorher in meinem Keller gestanden haben oder nicht.«

Das andere mit meiner neuen Wohnung erzähle ich meinem Kollegen lieber nicht. Als ich die leeren Räume ausmaß, kam ein Mann mit einem Köfferchen und diversen obskuren Gerätschaften vorbei. Er wollte unbedingt alle Fugen und Löcher im Boden aussprühen. Die Verwaltung hätte ihn geschickt.

»Ja, wissen Sie denn das nicht? Die Wohnung wurde doch zwangsgeräumt. Da hat ein Messie drin gewohnt. So ein ganz gepflegter Versicherungsangestellter. Kein Mensch hat geahnt, dass die ganzen Käfer aus seiner Wohnung gekrabbelt kamen. Der Frau über Ihnen sind sie nachts ins Bett gekrochen. Einmal sogar ins Ohr. Sie hat die Käfer in Gläsern gesammelt und der Verwaltung vorbeigebracht, damit die endlich was unternimmt. Man hat lange gebraucht, den Verursacher zu finden. Der ist immer entflohen, wenn jemand Offizielles die Wohnung besichtigen wollte. Der Mann hat knietief im Müll gewohnt. Zwischen Pizzaschachteln, Essensresten und vergammelten Kartoffeln. So was lieben die Speckkäfer. Nach der Zwangsräumung wurde alles gründlich renoviert. Sie haben mit Sicherheit die beste Wohnung im Haus!«

Ich bin nicht zimperlich und habe in den nächsten Tagen die anfallenden Käferleichen entsorgt. Es waren pro Tag ja nur zehn bis zwanzig Stück in Küche und Bad… Und Speckkäfer sind relativ klein, da hält sich der Ekel in Grenzen. Handtellergroße Kakerlaken in Florida sind da ein ganz anderes Kaliber. Stutzig wurde ich erst, als die Nachkommen der Verblichenen höchst lebendig die Wände entlangliefen, an den Schnüren der Jalousien turnten und in der Bluse saßen, die ich gerade anziehen wollte. Der Schädlingsbekämpfer war mittlerweile noch viermal zu Besuch und hat in meiner Wohnung soviel Gift versprüht, dass jede Mücke tot umfällt, die nur am Fenster vorbeifliegt. Meine Kopfschmerzen haben mit der ganzen Chemie nichts zu tun. Sagt der Kammerjäger. Wenn ich meinem penihlen Kollegen solche Geschichten erzähle, graust es ihm nachher noch vor mir.

Meine Schüler schleppen gerade einen großen Karton aus dem Wald. Vielleicht ist darin ein Schatz versteckt? Die Beute eines Bankräubers? Sie zerren an den Schnüren. Es ist rührend, wie ordentlich manche Leute ihren Unrat verpacken. In dem Karton sind benutzte Kinderwindeln, fein gestapelt. So an die fünfzig Stück. Die würden im Hausmüll viel Platz wegnehmen. Man spart Geld, wenn man sie im Wald versteckt. Verständnisvoll stellen wir den »Schatz« wieder ins Unterholz. Eine benutzte Windel möchte kein Schüler mitnehmen.

Mittlerweile sind unsere Eimer gut gefüllt. Wir konstatieren nur noch müde, dass die letzte Wandergruppe viele hartgekochte Eier verzehrt hat. Mit den Schalen haben sie den Rastplatz garniert. Aber das ist harmloser Biomüll, der kompostiert sich von allein. Genau wie die Bananenschalen oder die Papiertaschentücher. Sogar die Plastiktüten sind jetzt umweltfreundlich und haben sich in hundert Jahren selbst aufgelöst.

Am verabredeten Treffpunkt wartet ein Lieferwagen und nimmt uns die vollen Eimer und die Zangen ab. Nun ist wieder viel Platz im Wald für neuen Müll. Denn freie Bürger warten nicht lange auf die Stadtreinigung, sondern schaffen sich selbstbewusst ihre eigenen dezentralen Müllkippen rund um die Hauptstadt! Nächstes Jahr kann man dann wieder eine publikumswirksame »Aktion sauberer Wald« für Schulklassen ausrufen.

# 6. Top Secret

Wie oft passierte es früher, dass wir beim Abendessen saßen, meine Eltern und wir vier Kinder, und das Telefon klingelte. »Für dich«, sagte mein Vater leicht resigniert und überreichte meiner Mutter den Hörer. Das Telefon stand im Flur, und die nächsten dreißig Minuten sahen wir unsere Mutter nicht wieder.

»Ja, Frau Ludwig. – Sicher. – Aber das üben wir doch seit Wochen! – Da müssen Sie sich keine Sorgen machen. – Nein, wirklich nicht. – Natürlich. – Ja. – Das sollten wir vielleicht auf dem nächsten Elternabend besprechen. – Nein, Kilians Luftpumpe habe ich nicht gefunden. – Nein, ganz sicher hat niemand sie gestohlen. – Er ist doch alt genug, um auf seine Sachen zu achten. – Ich soll das nächste Mal alle Schüler durchsuchen? Wie stellen Sie sich das vor?«

Mein Vater postierte sich hin und wieder in der Türöffnung und spielte meiner Mutter pantomimisch das Auflegen vor. »Der Mensch, der mich länger als drei Minuten am Hörer hält, muss erst noch geboren werden!«, pflegte er zu verkünden. »Das Telefon dient zur Terminabsprache und nicht zum stundenlangen Tratschen.« Seine kurzen, knappen Antworten beendeten wirklich alle Telefonate recht schnell. Er brachte es fertig, mitten in einer ausufernden Schilderung seines Gesprächspartners zu sagen: »Ach, wie nett! Also tschüss denn«, und aufzulegen. Begegnete ihm daraufhin Empörung, meinte er nur: »Wieso? Es war doch alles gesagt.«

Meine Mutter hatte es schwerer, Telefonate zu beenden. Da sie eine gewissenhafte Lehrerin war, hörte sie sich alle Sorgen und

Klagen von Eltern an, suchte nach Lösungen und Alternativen und verbrachte viele Abende und Wochenenden am Telefon. Mit wirklich gravierenden Problemen:

»In welcher Farbe soll das Akkusativobjekt unterstrichen werden?«

»Kann sich Sissi vom Fenster wegsetzen? Dort zieht es so.« Das Fenster war ein Vorwand. Sissi sollte nicht neben diesem problematischen Alkoholikerkind aus der Siedlung sitzen, aber das konnte die Mutter ja nicht offen sagen.

»Können Sie bitte darauf achten, dass Claus in der Hofpause seine Handschuhe anzieht?«

Als Anfängerin wollte ich auch eine »gute Lehrerin« sein. Selbstverständlich gab ich allen Schülereltern meine private Rufnummer. Ich lernte schnell, dass sich wenig geändert hatte. Wie die Mutter, so die Tochter: Geduldig beantwortete ich abends alle Fragen besorgter Mütter. Väter riefen nie an, Kinderkram ist Weibersache! Geradezu missionarisch widmete ich mich allen anfallenden Erziehungs- und Familienproblemen. Ich kam mir kompetent und wichtig vor. Versuche, über Kollegen, andere Eltern und deren Sprösslinge zu »diskutieren«, würgte ich aus Loyalitätsgründen ab, obwohl man mich häufig damit in Versuchung führte und solche Gespräche bestimmt unterhaltsam gewesen wären.

Einmal war meine Schülerin Sandra spurlos verschwunden. Die diktatorischen Eltern riefen zigmal bei mir an und glaubten einfach nicht, dass ich über den Aufenthaltsort ihrer Tochter nichts wusste. Ich ging an diesem Abend in die Philharmonie und konnte der Musik gar nichts abgewinnen, weil ich mir die ganze Zeit Sorgen um Sandra machte. Die war längst wieder daheim. Mir ihre Rückkehr mitzuteilen, hatten die Eltern jedoch überflüssig gefunden.

Frau Weber wandte sich per Telefon mehrfach wegen ihres gewalttätigen Ehemanns an mich. Ich hörte ihr zu, auch wenn sich die Gespräche im Kreis drehten und Frau Weber mit deutlich schwerer Zunge sprach. Ich gab ihr Adressen von Beratungsstellen und Notrufnummern. Wenn Frau Weber anrief, unterbrach ich meine Arbeit. Ich stellte das Bügeleisen oder den Herd ab und ließ meine Freunde allein am Tisch sitzen. Die beschwerten sich: »Was soll das? Hast du eigentlich die Privatnummer von deinem Rechtsanwalt oder von deinem Internisten? Kämst du je auf die Idee, abends bei deinem Finanzbeamten durchzuklingeln? … Na also.«

Als ich damals meiner Freundin, einer angehenden Psychologin, von meinem 24-Stunden-Telefonservice mit pädagogisch-seelischer Rundum-Versorgung erzählte, ging sie an ihr Regal und drückte mir ein Buch über das Helfersyndrom in die Hand. Ich begriff bei der Lektüre schmerzlich, dass ich für manche Eltern nur als großer Müllabladeplatz fungierte und sie auch nach mehreren ausufernden Telefonaten nicht im Traum daran dachten, zum Jugendamt oder zur Eheberatung zu gehen. Es war außerdem weitaus bequemer, mich spontan abends anzurufen, als zu lästigen Sprechtagen und Elternabenden in der Schule zu erscheinen. Auf die sporadisch vorkommenden Schülerstreiche konnte ich letztendlich auch verzichten. Stundenlanges Gebimmel, Gekicher und Gekeuche am anderen Ende. In einem Fall war es schlagartig vorbei, als ich gleich danach beim vermuteten Urheber anrief und ebenfalls schwer in den Hörer atmete.

Ich gehöre jetzt zu den »schlechten Lehrern«, die ihre Rufnummer geheim halten. Die sich deshalb von der Presse und derzeit marodierenden »Lehrerhassern« als stur, unwillig und unfähig beschimpfen lassen müssen. »Unsere Besten«, die Lehrer, die einmal im Jahr von höchst qualifizierten Experten und Redakteuren prämiiert werden, stehen beruflich dagegen Tag und Nacht zur Verfügung. Man kann sie im Festnetz oder auf dem Handy erreichen, ihnen ein Fax schicken oder morsen, wenn sie wieder mal ein Wochenende auf ihrem Segelboot abhängen. Man kann abends auch einfach bei ihnen vorbeigehen und an die Tür klopfen. Die »guten Lehrer« erinnern ihre Schüler im Internet an Referate und Klassenarbeiten, chatten mit Svenja über Interpretationsansätze für Goethes »Ganymed« und rufen morgens bei Brian an, damit er aufsteht und zur Schule kommt. Mal sehen, wie lange »unsere Besten« das durchhalten.

Meine Rufnummer bekommen jedenfalls nur noch Schüler in Notsituationen und die Elternvertreter. Das hat den Nachteil, dass manche Mutter jetzt einfach vor dem Klassenraum aufkreuzt, wenn sie unbedingt mit mir sprechen will, ich aber gerade in den Unterricht gehen muss oder Hofaufsicht habe. »Das ist eine Frechheit! Reine Schikane!«, rief mir kürzlich eine verärgerte Mutter hinterher. Hoffentlich schreibt sie kein Buch über mich.

Was ist eigentlich so schlimm daran, einen Termin zu vereinbaren? Ich habe reichlich Springstunden, rufe auf Wunsch möglichst umgehend zurück, stehe nach Absprache auch nachmittags und abends zur Verfügung. Aber nicht jederzeit und spontan. Manchmal habe ich tatsächlich noch andere Dinge zu tun!

## 7. Montagmorgen

Irritiert lässt die Lehrerin den Blick schweifen. Es hat längst zum Stundenbeginn geklingelt. Die Schüler und Schülerinnen wandern aber noch durch den Raum, kauen an ihren Brötchen, sitzen auf den Tischen und quasseln und kichern. Einige hängen übermüdet und entkräftet auf den Stühlen. Zwei sind durch die Nabelschnur eines MP3-Players verbunden und zucken rhythmisch mit den Köpfen. Die Lehrerin stellt eine spannende Textaufgabe in den Raum: »Sechs Hühner brauchen acht Tage, um zwölf Eier auszubrüten. Wie lange brauchen 77 Hühner für 351 Eier?«

Niemand meldet sich. Nur leises Brabbeln antwortet aus den Tischgruppen. Die Lehrerin wartet geduldig. Sie versucht es mit einem ermunternden Lächeln. Sie drängt sanft. Sie wandelt die Aufgabe leicht um: »Zwanzig Schüler brauchen zehn Minuten, um wach zu werden. Wie lange brauchen vierzig Schüler?« Keine Reaktion. Schließlich gibt die Lehrerin die stummen Impulse und didaktischen Schleifen auf und erhebt unpädagogisch die Stimme. Aber nichts frommt.

Es ist Montagmorgen.

Die Schüler müssen ihre Wochenenderlebnisse schildern und die Bundesliga-Ergebnisse austauschen. Das kennen Sie sicher auch von Ihrem Arbeitsplatz. Da aber viele Schüler ihre pünktliche Ankunft haarscharf kalkulieren, bleibt <u>vor</u> dem Unterricht nicht genug Muße zum Erzählen. Wenn die Lehrkraft Glück hat, sind montags um 8.00 Uhr schon 50 Prozent der Klasse anwesend. Der »Rest« trudelt im Laufe der nächsten 15 Minuten ein, was die Wutkurve der Lehrer kurzzeitig enorm ansteigen, aber nach der vierten Ermahnung resignativ sinken lässt. Der fünfte Schüler kann sich dann schon in Ruhe hinsetzen und muss nicht mehr Ausreden für seine Verspätung ersinnen: »Mein Hund hatte Durchfall.« – »Die U-Bahn wurde umgeleitet.« »Es war so starker Gegenwind auf dem Schulweg.«

Irgendwann hat sich die Lehrerin durchgesetzt und zumindest Zimmerlautstärke erzwungen – und das Verschwinden aller elektronischen Unterhaltungsmedien und »anspruchsvollen« Zeitschriften. Die entsprechenden Tricks aus dem Mittelalter kennt man ja: Androhung von schriftlichem Unterricht (für viele Schüler ist Schreiben eine schmerzliche Strafe), von zusätzlichen Arbeiten und Tests, von Briefen an die Eltern. Und wenn das alles nicht fruchtet, kann noch die »Vorführung« beim Schulleiter in Aussicht gestellt werden.

Aber die Stunde läuft zäh und unergiebig. Die Hausaufgaben vom Donnerstag hat kaum jemand gemacht. Die fünf Schüler, die sie vorweisen können, sind anscheinend morgens im Bus ihren Pflichten nachgekommen. Vollständiges Arbeitsmaterial haben auch nur wenige dabei. Vielen ist es einfach nicht gelungen, noch etwas Schreibpapier und eine Tintenpatrone einzupacken, Dinge, die man in der Schule ja auch nur äußerst selten braucht…

Montagmorgens scheint der Lehrkraft, als sei die Arbeit der letzten Woche vergebens gewesen. Die Schüler erinnern sich nur mühsam und unwillig oder auch gar nicht an längst durchgenommenen Stoff. Das liegt natürlich in erster Linie an der schlechten Methodik der deutschen Schulen, wie meine Lieblingsjournalistin aus dem Bildungsressort weiß, aber die Lehrer erklären es gern damit, dass viele Schüler in der morgendlichen

Hektik gar nicht gefrühstückt haben und das bohrende Gefühl im Magen alle Denkanstrengungen verhindert.

Sanftes Nachfragen bei einigen grünblassen, gähnenden Jugendlichen ergibt, dass der sonntägliche Fernsehabend bis tief in die Nacht gedauert und das Wochenende mindestens sechs »beschauliche« Videofilme beschert hat. Die Lehrerin erhebt eine kurze Statistik und stellt fest, dass nur ein Mädchen in der Klasse keinen eigenen Fernseher hat. Die anderen Schüler grinsen: na klar, die Streberin.

»Und was für Filme habt ihr so gesehen?« Die eben noch lethargischen Jugendlichen wollen plötzlich hochmotiviert die Einzelheiten eines Kettensägen-Thrillers erzählen. Die Lehrerin möchte sie aber nicht hören. Sie verweist auf ihre ausgeprägte Vorstellungskraft und auf ihren sensiblen Magen. Außerdem will sie partout Mathematik unterrichten. Selber schuld. Die Jugendlichen versinken wieder in Apathie oder schildern die Details aus dem Thriller halt ihrem Banknachbarn. Der hört sich die eklige Hinrichtungsszene viel lieber an als die Mathe-Aufgaben.

»Wir sind früher am Wochenende noch mit der ganzen Familie spazieren gegangen. Unsere Eltern haben mit uns Ausflüge gemacht oder etwas gespielt«, sinniert die Lehrerin.

»Sie Arme«, trösten die Schüler sie, »wie langweilig! Damals gab es eben noch keinen Computer und keinen DVD-Player. Was sollten Sie da auch anderes machen?«

Montag früh ist der Unterricht immer besonders ergiebig und intensiv

## 8. Kindergeburtstag nach PISA

Ihr Sohn wird demnächst zwölf. Zur Feier des Tages hat er seine ganze Klasse eingeladen: 31 aufgeweckte und lebendige Knaben und Mädchen. Sie als Mutter sind ein wenig skeptisch: Ihre Wohnung bietet nur Raum für allerhöchstens 20 Feiernde. Darin sieht Ihr Sohn aber kein Problem. Da müssen sich die Gäste beim Sitzen halt abwechseln. In der Schule gibt es auch nicht genug Platz oder Stühle für alle.

Vier Wochen lang beschäftigen Sie sich intensiv mit den Vorbereitungen. Sie wollen schließlich nicht, dass alles im »Gleichschritt« abläuft. Schon gar nicht möchten Sie als Spielmaster alles lenken und leiten. Nein, Sie werden jede Menge Material »anbieten«, mit dem sich die Kinder je nach Alter, Geschlecht, kulturellem Hintergrund und gewohntem Spaßfaktor »individuell beschäftigen« können. Vergessen Sie nicht die älteren Mitschüler, die eventuell schon tanzen, knutschen oder kiffen wollen. Geduldig malen Sie Kärtchen und Spielanleitungen und schützen sie mit niedlichen kleinen Plastikhüllen. Kaufen sich ein Kreuzworträtselprogramm für den Computer, der Ihnen aus den Lieblingsbegriffen jedes Kindes ein individuelles Rätsel bastelt. Eine Spielgruppe schicken Sie ins Schlafzimmer, eine in den Hausflur, eine in die Küche, eine auf den Balkon. Im Kinderzimmer installieren Sie die Videowand.

Für ausreichende Bewegung ist auch gesorgt. Sie haben eine Schatzsuche mit jeder Menge Rätselaufgaben ausgearbeitet, die die Kinder kreuz und quer durch Haus und Wohnbezirk jagen. Jedes Kind bekommt natürlich einen eigenen Plan und einen eigenen Schatz. Das kann man von Ihnen als Gastgeber zu Recht erwarten, dass Sie sich Gedanken machen, wie Sie jedes einzelne

Kind mit frischen Ideen gewinnen und »dort abholen, wo es steht«. Bei diesem Spiel können auch Zweiergruppen gebildet werden, damit der Faktor »Teamarbeit« nicht zu kurz kommt.

Garantiert wird alles friedlich und gelöst ablaufen. Sie werden nicht hektisch durch die Wohnung fegen, um hier ein streitendes Knäuel zu lösen und da ein paar Tränen zu trocknen. Gelassen erklären Sie die Skatregeln und gleichzeitig die Bedienung Ihres teuren Camcorders, während Sie ein paar Glassplitter auffegen und diverse Popcornschüsseln auffüllen. Wenn sich Kinder langweilen, können sie sich aus der großen Aktiv-Kiste »Zusatzfutter« holen.

In der Küche haben Sie ein riesiges Büfett aufgebaut, das allen Bedürfnissen gerecht wird. Sie werden die Gäste ja wohl nicht mit liebloser Massenverpflegung – gar mit Würstchen und Kartoffelsalat! – abspeisen. Und vielleicht auch noch alle Kinder zur gleichen Zeit! Lena-Luise ist nur Vollwertküche gewöhnt. Torsten braucht eine Menge Chips, um seine Figur zu halten. Tobit ist Veganer. Mandy-Madlen mag nichts mit Körnern. Tulipan liebt Malzbier, und Emma hasst Obstsaft. Das alles und eventuelle Lebensmittelallergien haben Sie bereits zwei Wochen vor dem Fest durch eine umfassende Fragebogenaktion in Erfahrung gebracht.

Da Sie alles gut geplant haben, können Sie sich entspannt zurücklehnen und gerührt beobachten, wie die lieben Kleinen bei der Sache sind. Wie anstrengend waren doch früher Kindergeburtstage, bei denen Sie alles dirigieren und anleiten mussten. Man braucht Kinder nur richtig zu motivieren und ihre Interessen zu fördern, dann geht alles wie von selbst.
Sie bleiben gelassen, auch wenn hinterher nicht nur im Schlafzimmer alles klebt. Kinder müssen viel trinken. Jederzeit und

überall. Da Sie gelesen haben, dass Kaugummikauen müde Hirnströme belebt, stören Sie die Reste auf den Teppichen und an den Türklinken wenig. Doch? Da werden Sie sauer? Kinder müssen sich aber frei entfalten können! Auf Restriktionen reagieren sie sehr sensibel. Sie rufen dann gleich daheim an und möchten von dem blöden Geburtstag abgeholt werden.

Gegen Abend kommt ein wenig Unruhe auf. Ihr Spielmaterial und auch der ein oder andere Gummibär fliegen durch die Gegend. Sie haben ein schlechtes Gewissen, weil Sie bei Ihren Vorbereitungen anscheinend nicht alles genau bedacht haben. Glücklicherweise kommt gerade Lena-Luises Mutter, um ihre Tochter abzuholen. Lena-Luise muss zu einem Ballett-Auftritt. Die Mutter ist Kindergärtnerin und empfiehlt Ihnen eine stille Runde. Alle fassen sich an, schließen die Augen und denken an etwas Positives. Nein, dabei kneift keiner seinem Nachbarn in die Hand. Ach wo. Sie schließen noch eine Traumreise an, bei der die Kinder kreuz und quer auf dem Boden verteilt liegen und sich zusammen mit Harry Potter und Tokio Hotel in der Südsee wähnen. Mit sanfter Stimme beschreiben Sie Wellengang, Außentemperatur, Flora und Fauna des Traumziels.

Als die Gäste gegangen sind, sind Sie hochgradig genervt. Sie haben Migräne und möchten nur noch schlafen. Sie machen Ihrem Partner Vorwürfe, weil er zum Squash entflohen ist und Ihnen nicht geholfen hat. Und dann hat er noch die Stirn, Ihnen eine Evaluation zu empfehlen, um den Problemen erst mal auf den Grund zu gehen. Gereizt entgegnen Sie, eine mehrstündige Beschäftigung mit 31 Kindern sei alleine gar nicht zu schaffen. Wie das? Vier Stunden »modernen, binnendifferenzierten« Kindergeburtstag halten Sie nicht aus? Von der Schule verlangen Sie doch auch ganztägiges »individuelles Lernen« in viel zu kleinen Räumen, oder?

## 9. Voll getroffen

Der Wecker klingelt. Ich schwinge mich munter aus dem Bett. Zumindest habe ich das vor – aber ein Blitzschlag hindert mich daran. Mit einem Aufschrei sinke ich in die Kissen zurück. Mein Rücken sendet intensive Schmerzsignale ans Großhirn. Ich bleibe ganz still liegen, rühre mich nicht und atme flach. Nach zehn Minuten klingelt der Wecker wieder. Ich sortiere meine Gliedmaßen und versuche noch einmal, aus dem Bett zu kommen. Ich drehe mich in die stabile Seitenlage und verweile dort längere Zeit, bevor ich die Beine langsam auf den Boden setze. Nur das Aufstehen gelingt mir nicht. Jede leichte Bewegung in diese Richtung wird mit einem heftigen Dolchstoß im Lendenbereich bestraft. Ich gebe mir einen verzweifelten Ruck in die Senkrechte und stöhne dabei herzzerreißend. Mein Partner erscheint besorgt im Türrahmen. Als ich in gekrümmter Körperhaltung an ihm vorbei ins Badezimmer humple, weicht seine bekümmerte Miene einem mokanten Grinsen. Ich sehe das zwar nicht, weil ich mich nicht umdrehen kann. Aber ich weiß es!

Die morgendliche Toilette fällt eher kümmerlich aus, weil ich es nicht schaffe, über den Badewannenrand zu steigen. Meine Füße kann ich nicht erreichen, denn mir gelingt der nötige Neigungswinkel im Rücken nicht. Bleiben sie eben ungewaschen. Die Schnürsenkel bindet mir mein Partner zu. Er schmiert mir auch ein paar Brote, weil ich mich nicht zum Kühlschrank bücken und Butter und Aufschnitt herausholen kann.

»Hexenschuss wahrscheinlich«, murmelt er. »Stell dich nicht so an!« steht in seinen stahlgrauen Augen. Er fährt mich aber trotzdem zur Schule. Mit einer gehörigen Portion Artistik »besteige« ich das Auto, aber das Herauskriechen bringt mich an die Grenzen meiner Leidensfähigkeit.

Ich bin noch nie zu spät zum Unterricht erschienen, aber heute strömen die allerletzten Schülerhorden an mir vorbei. Kinder aus meiner 8. Klasse umringen neugierig das Auto und lotsen mich heraus: »Erst das rechte Bein! Nein, nicht das linke! – Vorsicht, Sie stoßen sich den Kopf! – Ja, jetzt ganz langsam hoch! – Stützen Sie sich ruhig auf mich. Meine Oma hat das oft!«

Mordlust wallt in mir auf. Was geht mich Linus' Oma an? Ich stehe ratlos vor den vier Treppen im Schulgebäude. Die Fahrstuhlschlüssel sind leider alle vergeben, vermeldet der Hausmeister. Ich weiß nicht, wo das Märchen von den Strebern herkommt, die dem Lehrer die Tasche tragen. Weit und breit ist niemand zu sehen, der sich mir andienen möchte. Dafür sehen mir im Klassenraum 33 Augenpaare gespannt zu, wie ich sehr vorsichtig meinen Dienst aufnehme, mich stöhnend auf den Lehrerstuhl setze und dort zwei Stunden lang fast bewegungslos verharre. Die lieben Kleinen sind ganz leise und schummeln auch nicht beim Grammatiktest. Ich bin ja heute kein ebenbürtiger Gegner.

Im Lehrerzimmer schwallt mir kollektives Mitleid entgegen. Die Religionslehrerin mit den heilenden Händen schiebe ich höflich, aber entschieden von mir. Die Russischlehrerin empfiehlt sibirischen Tigerbalsam. Der Sportkollege offeriert einen medizinischen Tritt in den unteren Rückenbereich. Ich fauche, und sie lassen mich in Ruhe.

Nach der Schule fahre ich mit dem Taxi zum Orthopäden. Ich will die Leser nicht weiter damit langweilen, wie ich rückwärts auf allen Vieren aussteige. Die gaffende Menge vor dem Ärztehaus ist jedoch beeindruckt.

Im Wartezimmer geselle ich mich zu anderen Leidenden, die sich ihre schmerzenden Körperpartien halten. Mein Nachbar befühlt seinen linken Ellenbogen und streckt den Arm immer mal wieder mit verzerrtem Gesicht in die Landschaft. Die Frau daneben massiert ihre Ballen. Ein pubertierender Knabe pult an seinem Gipsverband, der mit Grüßen und Graffiti verziert ist. Die Frau zu meiner Rechten versucht, mich in einen Disput über Nierensteine zu verwickeln. Ich schweige mürrisch. Ich will auch nicht über Wandernieren reden.

Der Orthopäde arbeitet nach der Fließbandmethode. Vor seinen Behandlungsräumen hocken die Patienten, bereits partiell entblößt, in winzigen Kabinen und frieren vor sich hin. Zur Entschädigung können sie durch die dünnen Trennwände alle medizinischen Diskurse verfolgen. Meine Vorgängerin hat zum Beispiele Probleme mit ihren Hammerzehen. Sie will auf keinen Fall operiert werden. Lieber stellt sie das Laufen ein. Ihre Nachbarin hatte letztens einen ganz harmlosen Blinddarmeingriff, und seitdem fehlt ihr die Milz.

Ich nicke nachdenklich in meinem Kabuff. Ja, das kann einem alles im Krankenhaus passieren. Plötzlich reißt der Orthopäde die Tür auf und schiebt mich zum Computer. Die Dame am Empfang hat schon eingegeben, worunter ich leide. Das erspart zeitraubendes Nachfragen. Der Arzt bohrt mir einen Zeigefinger in den Lendenbereich. Als ich aufkreische, fragt er unschuldig: »Tut das weh?«

Ich muss mich auf der Liege mit den Papierbahnen ausstrecken. Der Arzt hebt meine Beine senkrecht zur Decke. Das heißt, er versucht es. Fast hätte ich ihn durch einen reflexartigen Tritt schwer verletzt, aber er weicht geschickt zu seinem Medizinschränkchen aus und zieht eine riesige Spritze auf. Meines Wissens werden solche Kaliber nur in der Veterinärmedizin verwendet! Bei Pferden, Kühen und Elefanten. Bevor ich protestieren kann, drücken mich zwei Arzthelferinnen auf die Liege. Eine misst meinen Blutdruck, die andere spricht beruhigend auf mich ein. Der Orthopäde vereist die Stelle minutenlang. Alles wird taub und gefühllos. Dann zielt er mit der Kanüle genau ins Schlimme. Keine Ahnung, warum er vorher meinen Rücken vereist hat. Wahrscheinlich, um mich in Sicherheit zu wiegen. Ich zapple und versuche zu entkommen, aber die Helferinnen sind stärker.

»Sind Sie immer so schmerzempfindlich?«, fragt der Arzt vorwurfsvoll. Die eine Helferin verrät mir später, dass der Herr Doktor solche Spritzen nur in Vollnarkose über sich ergehen lässt.

Als ich rauswanke, sehen mich die anderen Patienten verstört an. Mein Schreien lässt sie zu Recht Fürchterliches vermuten. Aber drei Stunden später kann ich schon wieder tanzen, springen und in die Badewanne klettern.

Wenn es seither im Rücken zieht, muss ich nur an diese Pferdespritze denken – und schon geht es mir besser!

## 10. Die Erotik des Alters

Vor langer Zeit, als der Altersdurchschnitt im Kollegium noch unter 50 lag, tauschte man in Kleingruppen gern Informationen darüber aus, wer mit wem »was hat«. Gerüchte machten die Runde, welche Kolleginnen und Kollegen auf Klassenfahrten ein gemeinsames Zimmer teilten oder bei sehr privaten Aktivitäten im Instrumentenraum erwischt worden waren. Der Informant, ein Schüler aus der 7. Klasse, der sich eine Gitarre ausleihen wollte, musste längere Zeit psychologisch betreut werden. Er hatte bis dahin geglaubt, seine angebetete Musiklehrerin würde sich durch Parthenogenese fortpflanzen. Auf Lehrerfeten wurde genauestens beobachtet, welche neue Zweierformation hinter der Turnhalle verschwand oder gemeinsam das Fest verließ. Diese Beobachtungen waren umso erregender, je mehr die Beteiligten bereits anderweitig gebunden waren. Wie auf jedem Betriebsfest, egal, ob in der freien Wirtschaft oder im Bezirksamt, standen Erotik und Sex im Mittelpunkt. Selbstverständlich wurden bei Wein und Bier auch fachdidaktische Erkenntnisse ausgetauscht, aber eigentlich eher als Feigenblatt für die wirklich wichtigen Dinge des Lebens.

Die Gespräche über Liebe, Sex und Seitensprünge haben mit den Jahren an Bedeutung verloren. Schon mein seliger Großvater pflegte zu sagen: »Essen ist die Erotik des Alters!«, wenn er sich die nächste Scheibe Bierschinken in den Mund schob. Er hatte zweifellos Recht: Im Lehrerzimmer dreht sich der Small Talk mehr und mehr um exquisite Rezepte, erlesene Delikatessen und Weinhandlungen. Man geht nicht mehr zusammen in die Disco, sondern kocht gemeinsam Lammrücken in der Salzkruste.

Aber viel spannender als die Thematik rund ums Essen sind detaillierte Krankheitsschilderungen!

An dieser Stelle verlassen wir das Lehrerzimmer. Denn der Genuss, über seine und anderer Leute Zipperlein zu räsonieren, ist berufsübergreifend. Mit der gleichen Leidenschaft, mit der man als junger Mensch von seinen neuesten Abenteuern auf dem Single-Markt berichtet hat, beschreibt man jenseits der Vierzig nun die Schmerzen am Lendenwirbel (vgl. voriges Kapitel), die quälende Bandscheibe und das Ziehen beim Wasserlassen. Und das möglichst jedem, der sich auch nur in der Nähe aufhält. – Nicht etwa nur Verwandten und engen Freunden! Obwohl selbst Nahestehende sich manchmal ein wenig mehr Diskretion und Takt wünschen würden.

Ein leicht interessierter Blick reicht, um die Schleusen zu öffnen. Nur einmal höflich gefragt: »Wie geht's denn?«, und man erfährt mehr, als man jemals hören wollte. Wenn man besonderes Glück hat, werden einem die betroffenen Körperteile sogar vorgeführt.

Manche Menschen blühen bei diesen Diskursen um Krankheit und Verfall regelrecht auf. Fasziniert tauschen sie ihre Verdauungsprobleme aus, bis hin zu Informationen über Konsistenz und Viskosität des Stuhls. Als moderne, unverklemmte Menschen tangiert es sie dabei nur am Rand, dass man gerade bei einem der beliebten Feinschmeckermenüs sitzt. Ein zimperlicher Tischnachbar lässt angewidert die Gabel sinken, während die beiden Krankheitsexhibitionisten die Effektivität von Abführmitteln und Darmspiegelungen diskutieren.

Jemand versucht, von dieser unappetitlichen Thematik abzulenken, indem er von Steinen im Speichelgang erzählt. Wenn die sich quer stellen, schwillt die Wange zu mumpsähnlichen Ausmaßen an. Leider kann er das auf Wunsch nicht vormachen.

Damit sind wir bei den primären Verdauungsorganen gelandet. Auch ein dankbares Thema. Es ist beeindruckend, was man alles an Prothetik im Mund haben kann. Wer hört nicht gerne Genaueres vom letzten Zahnarztbesuch. Dieses »Mutti, Mutti, er hat überhaupt nicht gebohrt!« aus der Werbung ist todlangweilig und ohnehin längst überholt. Viel interessanter sind doch Wurzelspitzenresektionen, bei denen die Narkose nicht richtig funktioniert hat, oder missglückte Implantatsbohrungen. Beim Dessert (Parfait aus der Walderdbeere) zieht ein oral Gepeinigter die Lefzen hoch, um seine fortgeschrittene Paradentose zu demonstrieren.

Die Frau gegenüber hat im linken Auge oft so geplatzte Äderchen. Die kann man aber nur erkennen, wenn sie den Kopf schief legt und die Augen nach oben verdreht. »Ob sich die Netzhaut löst?«, fragt sie mit gespielter Besorgnis. »Das ist der Blutdruck. Den müssen Sie mal überprüfen lassen«, rät die Gastgeberin. Welch eine Lappalie gegen die Operation am anderen Tischende. Alles staunt. Man hat wirklich nicht gewusst, dass während einer Hysterektomie die Gedärme außerhalb des Körpers zwischengelagert und hinterher wieder einsortiert werden. Schau an. Wie harmlos nimmt sich dagegen Felix' läppische Schnarchtherapie aus. Keiner hört zu. Da hilft es auch nichts, dass er mit der Gürtelrose seiner Freundin auftrumpft. Er hätte wenigstens eine komplizierte Venenziehung einbringen müssen, um das Interesse zu gewinnen.

Man sollte im Krankenhaus nicht nur Geburten filmen dürfen, sondern auch alle anderen Ereignisse. Wäre es nicht nett, bei der Familienfeier gemeinsam Opas Gallenblasenentfernung anzusehen? Oder Tante Gerhilds Fettschürzenraffung? Leider muss man innerhalb der Familie auf diese Form der Veranschaulichung noch verzichten und ist auf mündliche Kolportagen angewiesen. Hin und wieder durch ein Röntgenbild oder eine Ultraschallaufnahme ergänzt. Oma Lisbeth trägt zu Demonstrationszwecken immer ein Röhrchen mit ihren Gallensteinen bei sich! Trost spendet das Fernsehen, indem es jede Menge Operationen, allerdings an Fremden, zeigt. Da mir schon bei Ansicht der Narkosespritze flau im Magen wird, kann ich leider nichts Näheres berichten.

Bei Lauras Konfirmation erinnert Onkel Diethelm daran, wie aufwühlend sein Verdacht auf Prostatakrebs war. Blumig beschreibt er seinen künftigen Erben den Knoten im Testikel, der sich hin- und herschieben ließ. Natürlich war es kein Krebs, sondern nur eine winzige Kalkablagerung. Das Seltsame ist, dass ernsthaft Kranke einen mit intimen Sensationsberichten eher verschonen und Außenstehenden nicht ihre nässenden Narben zeigen wollen.

Ein variantenreiches Thema sind Allergien. Sie entwickeln sich zur reinsten Schikane, wenn es darum geht, Gäste zu bewirten. Ludolf bekommt von Schnittlauch Pusteln an den Schenkeln, Christa befällt Atemnot, wenn sie französischen Weichkäse auch nur riecht. Das ließe sich ohne weiteres diskret »handeln«, aber die Allergiker müssen noch stundenlang über ihr Immunsystem lamentieren und bei jedem Bissen darauf hinweisen, dass sie ja gerne Weichkäse mit Schnittlauch essen würden, aber ihre Allergie verbiete es. »Ach? Sie haben eine Käseallergie? So was gibt es auch?« Wer so blöd fragt, gehört bestraft. Mit intensiver Symptombeschreibung. Nicht unter zwei Stunden.

Wirklich gut hatte es dieser Lehrer mit der Kreidestaub-Allergie getroffen. Er wurde über Jahre fortlaufend krankgeschrieben. Heute gibt es Champagnerkreide. Die staubt nicht. Da fällt so eine schicke Allergie als Pensionsgrund aus. Das erinnert an die Kunsthuster. Es erfordert viel Übung, so überzeugende Hustenanfälle zu inszenieren, dass einen die Kollegen besorgt zum Arzt schicken und gerne die Vertretung übernehmen. Aber das ist ein neues Thema.

Einer lieben Kollegin habe ich »dienstlich« untersagt, mich mit Details ihrer biologischen Abläufe und Krankheiten zu versorgen. Sie ist darüber schwer beleidigt und weist bei jeder passenden Gelegenheit auf meine menschliche Kälte hin: »Das willst du nicht hören, ich weiß. Das interessiert dich ja nicht.« Ich nicke dankbar, doch ruckzuck sind wir mitten im Brechdurchfall ihres Sohnes. Ich weiß, wie meine Kollegin verhütet, welche Tampongröße sie verwendet und wie oft am Tag sie auf die Toilette geht. Ich weiß, wie lästig ihr die Haare und Zipfel sind, die im fortgeschrittenen Alter Wildwuchs am Körper betreiben. Ich weiß, dass ihre Schwiegermutter Arthrose im Daumen hat, ihre Großtante unter Tinnitus leidet und ihre Nachbarin im Schrebergarten eine kinderkopfgroße Zyste mit sich spazieren trägt. Für jedes Gespräch, das ich über einen meiner Schüler führen will, muss ich ein Krankheitssymptom ertragen. Quid pro quo… Gestern hat sie mir ihren »Schnappdaumen« vorgeführt. Ich wusste gar nicht, dass es so etwas gibt. Interessieren Sie Einzelheiten? Sehen Sie im Internet nach! Da gibt es sogar Operationsschemata.

Bei allen krankheitsbefallenen Körperteilen, die man zur Schau stellen kann, stehen die Füße an erster Stelle. Diese Extremitäten neigen zu den schönsten Verwachsungen, sind schnell entblößt und leicht vorzuführen. In Sekundenschnelle wird der Nylonstrumpf abgerollt. – Ja, der weibliche Fuß ist von Deformationen häufiger betroffen. Kein Wunder bei dem üblichen Schuhwerk. Auch haben Frauen eine größere »Zeigefreudigkeit« als männliche Fußkranke. – Der Strumpf fliegt zur Seite, und man hat freien Blick auf Hühneraugen, miteinander verschlungene Zehen und eingewachsene Nägel.

»Guck mal, das geht von ganz alleine ab!« Der Zuschauer wendet sich mit Grausen. Hilft nichts. Man kann ihm die Warze auch auf der Handfläche hinterhertragen.

Essen ist die Erotik des Alters? Ach, erzählt mir doch so was nicht!

Partygäste lassen sich begeistert Hühneraugen und Hammerzehen vorführen.

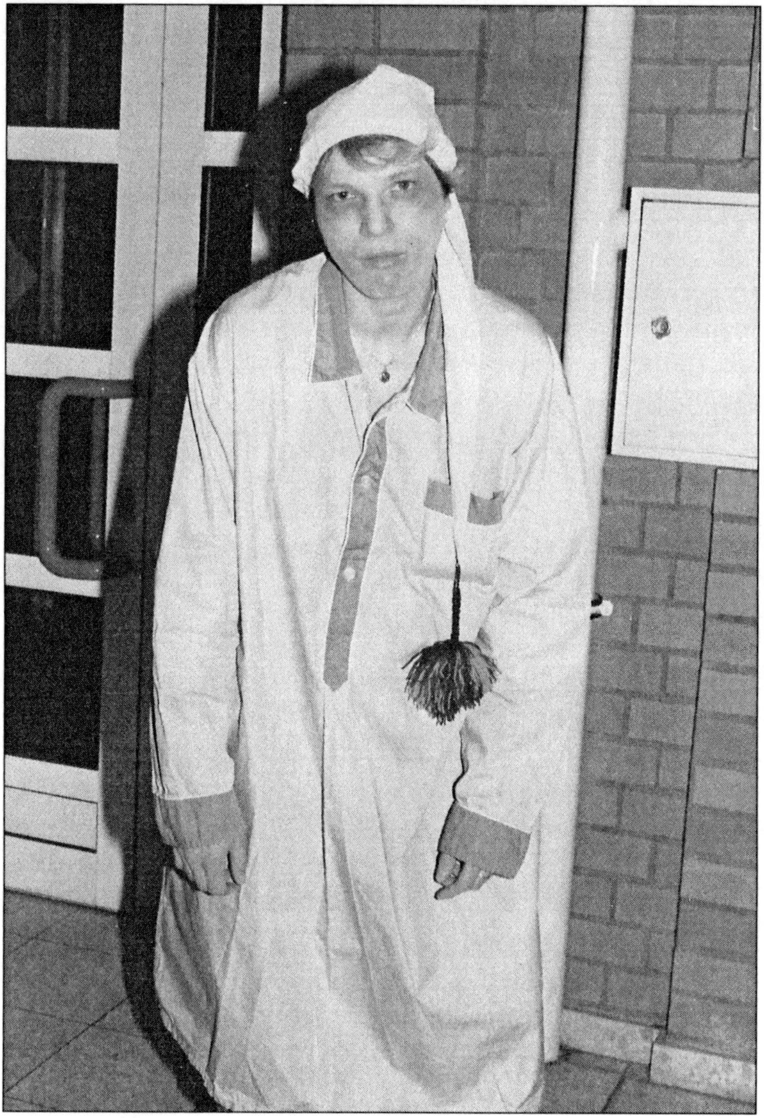

Ein besonders trauriger Fall von Schülerallergie

## 11. Das Märchen vom Reformschub

Der Wahlkampf tobt. Da kann man noch mal so richtig auf PISA, jugendlicher Gewaltbereitschaft und auf den überraschenden Integrationsproblemen herumreiten, bevor alles mangels einfacher Lösungen für komplexe gesellschaftliche Missstände wieder aus der Tagespolitik verschwindet. Während sich die Kultusminister segensreich um das dreigliedrige Schulsystem und um Privatuniversitäten streiten, geht es an deutschen Schulen weiter wie bisher: In überfüllten Klassen kämpfen ergraute Lehrer unverdrossen um Schüleraufmerksamkeit, um fehlende Möbel und um ein wenig gesellschaftliche Anerkennung.

Kein Land in Sicht.

Denn Bildung und Erziehung kosten Geld. Das ist aber nicht da. Zumindest nicht für Kindergärten, Schulen und Universitäten. Trotzdem diskutieren Politiker mutig und öffentlichkeitswirksam über grundlegende Reformen im Bildungswesen. Ihre Denkschriften, Diskussionsbeiträge, Evaluationen und pädagogischen Buchreihen füllen die Bibliotheken der Nation. Folgte man ihren Vorschlägen, würde das deutsche Bildungswesen in nie gekanntem Glanz erstrahlen. Doch davor steht die Phalanx der Finanzminister. Und die verkünden gebetsmühlenartig in seltener Einmütigkeit: »Reformen haben kostenneutral zu sein.« Eine schöne Umschreibung für: »Geld gibt's nicht.«

Von immenser Bedeutung soll bereits die Vorschulerziehung sein. Also vergrößern wir in einem progressiven Bundesland mal eben die Kindergartengruppen von 16 auf 22 Schreihälse.

Zwar wird parallel dazu die unzureichende Ausbildung der Erzieherinnen beklagt, aber ob sie nun 16 oder 22 Kinder nicht entsprechend fördern können, macht doch keinen Unterschied.

Folgt man den Experten, soll auch der Grundschulbereich eine zentrale Rolle in der kindlichen Entwicklung spielen. Ungeachtet dessen ziehen wir bei Bedarf dort qualifizierte Fachkräfte ab und versetzen sie zwangsweise an Oberschulen mit Lehrermangel. Das funktioniert auch umgekehrt: Wenn es an Grundschulen Engpässe gibt, schicken wir Biologie- und Englischlehrer, die kurz vor der Pensionierung stehen und seit Jahrzehnten nur den Umgang mit 16jährigen gewöhnt sind, in die zweite Klasse. Kleine Kinder sind anpassungsfähig. Sie werden schon darüber hinwegkommen, dass ihre Klassenlehrerin jetzt an einer höherwertigen Anstalt unterrichten darf oder dass ihr »neuer« Bio-Lehrer gewisse Probleme hat, sich auf Grundschüler einzustellen und sie in Musik zu unterrichten. Ein Beamter muss seiner Dienstpflicht überall und in jeder Form nachkommen können!

Eine kostengünstige Reform ist es auch, einfach alle Grundschüler im Alter von 5 bis 8 Jahren in einer »flexiblen Eingangsphase« zusammenzufassen. Hier lernen die Jüngeren von den Älteren. Oft allerdings auch nur, wer das Sagen hat und wer zu springen hat.

Die Sonderschulen werden aufgelöst. Sie sind angeblich viel zu kostspielig. Dass die Lehrer dann durch die potenzierten Probleme noch mehr überfordert sind, interessiert nicht im geringsten. Sie sind ohnehin nur »wehleidig und klagen auf hohem Niveau«. In Berlin landen seit dieser genialen Reform immer mehr verhaltensgestörte Kinder in der Psychiatrie. Dabei bräuchten die Lehrer nur eine »andere Haltung«, um mit allen Schülern adäquat umgehen zu können. Sagt ein polemisierender Professor, und der muss es ja wissen.

Für Kinder in Problembezirken soll es eine Wochenstunde mehr Deutschunterricht und Lerntagebücher geben. Das wird alle sozialen und sprachlichen Probleme im Handumdrehen aus der Welt schaffen. Zwar fehlen im nächsten Schuljahr an allen Ecken und Enden Lehrer. Doch so etwas konnte man leider, leider vor dem letzten Ferientag nicht erkennen. Woran liegt das bloß? Hat da niemand langfristig geplant? Aber bis zum nächsten Urnengang haben die Bürger die vollmundigen Wahlparolen ohnehin vergessen. Vereinzelt pfuschen kritische Journalisten oder Elternvertreter ins politische Handwerk und behaupten frech, Wahlversprechen würden nicht eingehalten. Glücklicherweise konzentriert sich aber der Großteil der Menschen auf Fußball und auf alle Arten von Ludern – und nicht auf Bildungspolitik. Solche Themen sind ohnehin nicht geeignet, die Auflagenzahlen oder Quoten unserer Medien nachhaltig anzukurbeln.

Der wachsenden Gewaltbereitschaft und den fehlenden Wertevorstellungen in unserer Gesellschaft begegnen wir mit dem neu geschaffenen Schulfach »Ethik«. Lehrer gibt es dafür noch gar nicht und auch kein richtiges Studium, aber da bieten wir schnell drei, vier Fortbildungsmodule für bereits vorhandene Pädagogen an. Die Kosten dafür halten sich in Grenzen, und den Bürger befriedigt das neue Fach ungemein. Weiß er doch, dass nun endlich wieder Werte vermittelt werden, die von den 68ern mit Füßen getreten wurden. Wo Eltern und Gesellschaft versagen, wird ein Fachlehrer, der gegen Globalisierung, Gewalt in den Medien und Neodarwinismus antritt, in seinen ein, zwei Wochenstunden einen enormen Einfluss entfalten.

Seit die Hauptschulen nicht mehr stillhalten, müssen die Politiker leider auch für diesen Elendsbereich Gedanken und Euros »verschwenden«. Das dreigliedrige Schulsystem wollen sie natürlich nicht in Frage stellen. Wir schicken den einen oder anderen Erzieher an die Hauptschulen. Dass er Arabisch oder Türkisch kann, ist schon Erfolgsgarantie genug. »Dann lassen wir ein paar Hauptschüler in der Öffentlichkeit tanzen und singen, und schon haben wir den Wählern wieder Sand in die Augen gestreut, äh, Verzeihung, brennende Probleme nachhaltig beseitigt.«

Klage wird geführt wegen des hohen Durchschnittsalters der Lehrerschaft und der damit verbundenen Anfälligkeit für Wehwehchen aller Art. Plausibles Fazit: Den pädagogischen Greisen wird die »fette« Altersermäßigung von einer Stunde gestrichen. Stattdessen könnte man ihre Lebensarbeitszeit ein wenig erhöhen. Warum soll sich eine teuer ausgebildete Lehrkraft nicht etwas länger rentieren und amortisieren? Auch mit 75 kann man das bisschen Unterricht noch mit links erledigen.

Die Lehrpläne sind überfrachtet, dennoch lernen deutsche Schüler nicht genug. Was liegt näher, als die Schulzeit bis zum Abitur um ein Jahr zu verkürzen? Die Lehrpläne bleiben erst mal so. Die können wir nicht ändern, denn wir haben ja den europäischen Referenzrahmen. Statt dessen gilt es, grundlegende strukturelle Reformen durchzuführen, z.B. Zentralabitur und Abschlussprüfungen in jeder Klasse. Das kostet nicht die Welt und beschwichtigt die aufgebrachten Wähler, die um die Zukunft ihrer Kinder bangen. Sie freuen sich, dass endlich etwas geschieht. Sie werden bei den nächsten Wahlen richtig abstimmen, und danach will ohnehin keiner mehr etwas von PISA hören.

Bildungspolitiker schon gar nicht. Da müsste ja blinder Aktionismus in prinzipielle Überlegungen umgewandelt und das deutsche Bildungssystem wirklich umgekrempelt, müssten vielleicht sogar »nationale Eigenheiten« und Länderhoheiten in Frage gestellt werden. Statt auf kurzweiligen Exkursionen ein wenig skandinavische und kanadische Gesamtschulluft zu schnuppern und sich neckisch in Talkshows zu profilieren, müsste man richtig Geld, Kraft und Arbeit investieren. Vielleicht müsste man sogar thematisieren, welche Zukunfts- und Lebenschancen den deutschen Schulabgängern überhaupt geboten werden. Das aber ginge weit über aktuelle Legislaturperioden hinaus. So ein Vorausdenken kann der Wähler von seinen Volksvertretern wirklich nicht verlangen!

## 12. Eine echt geile Fete!

Mindestens einmal im Jahr ereilt es einen: Bettelnde Kinderaugen, Hände, die am T-Shirt zerren oder einem motivierend auf den Rücken klopfen: »Ooch, bitte, Frau Frydrych, wir haben so lange keine Klassenfete mehr gemacht. – Wir organisieren alles selber. Sie haben gar keine Arbeit. Sie müssen nur auf uns aufpassen. – Sie können auch den Termin bestimmen.«

Wer kann da schon »nein« sagen, wenn Kinder so freundlich und fürsorglich bitten und sich um die Klassengemeinschaft bemühen, wie man es immer wieder von ihnen verlangt?

»Wir machen die Musik nicht so laut. Versprochen! Und speziell für Sie spielen wir was von den Rolling Stones. Meine Eltern haben so 'ne alte CD«, erklärt der schwarz gelockte Mark (14) mit verführerischem Augenaufschlag. Er testet gerade seine Wirkung als Mann und benutzt dazu alle Frauen seines sozialen Umfeldes, von den Mädchen der Klasse über die Sekretärinnen bis hin zur Schulleiterin.

Die Schüler akzeptieren widerspruchslos alle meine Regeln: »Aber nicht wieder um die Musik streiten! Und keine Schulfremden mitbringen. Das gibt nur Ärger! Und auch die Jungen räumen mit auf und bringen was zum Essen mit! Und zwar nicht nur Chips und Gummibärchen, sondern was Gesundes! Und wenn ich sage, dass Schluss ist, dann ist auch Schluss! Und.....«

»Na klar doch, Frau Frydrych. Gar kein Problem. Machen wir alles!«

Mandy geht den Hausmeister »bestechen«, damit er die Schule abends länger auflässt. Chiara macht eine Liste, wer was mitbringen muss. Perihan erklärt sich bereit, für mich diesen wunderbaren Hirsesalat mit Petersilie zu machen, für dessen kleingehackte Einzelteile sie sicher drei Stunden braucht. Die Musikanlage wird Hanno anschleppen.

Meine leise Hoffnung, dass vielleicht der Hausmeister keine Lust hat, abends die große Schule offen zu halten, zerschlägt sich. Die Schüler beschwatzen sogar den Physiklehrer, zu der Klassenfete zu kommen. »Damit Sie auch jemanden zum Unterhalten haben, Frau Frydrych.« Warum fragen sie mich nicht vorher? Ich hätte mir als kurzweiligen Gesprächspartner eher den neuen Sportlehrer oder den jungen Elternvertreter mit der hübschen Tätowierung gewünscht.

Also packe ich zu Hause eine große Tasche mit Putzlappen, Papiertüchern, Besteck und Party-Spielen und gehe abends zurück in die Schule. Mein Kollege hat den kahlen Jahrgangsraum schon mit den Schülern geschmückt. Die grellen Neonlampen sind mit Krepp-Papier verhängt. Heimlich klaue ich vom Büfett ein Stück Köfte (türkische Boulette, aber viel besser!) und stelle nicht zum ersten Mal fest, dass meine deutschen Schüler Kuchen, Käse und Süßigkeiten in Plastikfolie aus dem nächsten Supermarkt mitgebracht haben – während alle liebevoll zubereiteten Salate, Kekse und Blätterteigspeisen von den türkischen und arabischen Mädchen (und ihren Müttern) stammen.

Meine Schülerinnen sind kaum wiederzuerkennen. Sie tragen schicke, enge Kleider, viel Make-up und Schuhe, in denen ich keinen Schritt machen, geschweige denn tanzen könnte, ohne dabei umzuknicken. Asli hat ihr Kopftuch abgenommen. Ich wusste nicht, was für wunderschöne dicke schwarze Haare sie hat. Hoffentlich verpetzt sie niemand bei ihrem großen Bruder, der immer so penetrant auf sie »aufpasst«.

Auch die Jungen haben sich in feines Tuch geworfen: weiße Hemden und schwarze Hosen. Die Haare stehen mit Gel fixiert zu Berge, und eine Wolke von Rasierwasser umhüllt die Knaben.

Am Eingang kontrollieren wir Lehrer stichprobenartig die mitgebrachten Getränke. Ist der Verschluss noch intakt oder wurde der Orangensaft mit Wodka verdünnt? Die Schüler sind sauer über unser Misstrauen. (Zwei Jahre später erzählt mir Ronnie bei der Abschlussfeier stolz, dass wir seine Tasche nicht kontrolliert und den Apfelkorn nicht gefunden hätten….)

Die Musik dröhnt seit zwei Stunden. Ständig werden neue Wünsche an den DJ herangetragen, der mit Feuereifer moderiert, scratcht und animiert. Meine lieben Kleinen haben sich mit Salzstangen und Nachos in die Ecken zurückgezogen. Sie zucken mit den Füßen, aber es traut sich niemand zu tanzen. Die Mädchen probieren am Rand ab und zu eine komplizierte Paarfigur oder Drehung. Dann rennen sie schnell auf die Toilette, wo sie ewig verweilen. Wenn ich sie dort abhole, tragen sie gerade die nächste Schicht Make-up auf, kichern und besprechen ihre Strategien.

»Also, du forderst jetzt Falko auf, ich nehme Orhan. Filiz fragt Murat.«

»Nee, Murat will ich nicht. Der stinkt.«

Ich mahne: »Eure Fete findet im Jahrgangsraum statt. Nicht im Flur oder in den Toiletten. – Los, geht feiern!«

»Frau Frydrych, machen Sie doch was. Die Jungs wollen nicht tanzen!«

Mein Kollege und ich verteilen Loszettel, die wir in weiser Voraussicht vorbereitet haben. Die Schüler sollen per Kennwort für den nächsten Tanz verkuppelt werden. Doch sobald der erste der beiden Tanzpartner sich geoutet hat, ist sein Pendant in der Menge unauffindbar. Nur einer meldet sich. Das Paar wird bejubelt und beklatscht. Beide bekommen einen roten Kopf und rennen ganz schnell wieder in ihre Ecken. Jetzt zählen wir Lehrer einfach diktatorisch ab und jagen alle auf die Tanzfläche. Wir tanzen zur Belustigung der Jugend auch eine Runde mit. Aber dann kommt ein langsames Stück, und die Jungen sind wie auf Kommando wieder weg.

»Frau Frydrych, es ist so langweilig. Wissen Sie keine anderen Tanzspiele?«

Wir binden den Kindern Luftballons an die Füße. Beim Tanzen müssen die gegnerischen Ballons zerstampft werden. »Wer seinen Ballon bis zum Schluss retten kann, hat gewonnen.« Dieser Ringkampf kommt gut an. Am Ende sind noch sechs Jungen übrig, die sich umzingeln. Von Tanzen kann keine Rede sein. Der Sieger Mustafa dreht ein paar Break-Dance-Spins auf dem Kopf. Meine Mitmachtänze findet außer mir niemand lustig. Nach der angekündigten Damenwahl leert sich der Raum blitzartig. Frustriert greifen die Lehrer sich die Erdnussflips.

Das Ende der Fete naht. Der Hausmeister kommt schon mal demonstrativ mit seinen Schäferhunden vorbei. Eifrige Helfer stapeln Teller und kippen Getränkereste zusammen. Noch fünfzehn Minuten. Wie auf ein geheimes Zeichen hin finden sich plötzlich fast alle paarweise und eng umschlungen auf der Tanzfläche ein. Es wäre mehr als grausam, die Fete jetzt, wie geplant, zu beenden.

»Also gut, noch drei Tänze. Aber dann ist wirklich Schluss!« Vier Mädchen zerren meinen Kollegen und mich dazu und beobachten gerührt, wie wir Blues tanzen. Misstrauisch werde ich irgendwann, als die drei Lieder überhaupt kein Ende nehmen. Es gibt CDs, auf denen ein Stück nahtlos ins nächste übergeht... Kleine Kröten!

Als endlich alle mit Schüsseln, Tüten und Pfandgut vor der Schule stehen, setzt Asli ihr Kopftuch wieder auf, weil ihr Bruder sie gleich abholt. Das Make-up hat sie entfernt. Die Augen des schwarz gelockten Mark glänzen. Er hält Nina im Arm. »Es war richtig toll! – Wann machen wir die nächste Fete???«

Ich zeige ihm einen Vogel. Drei Stunden rumsitzen, dreißig Minuten tanzen – das war so schön, dass man es gleich wiederholen muss? »Bei uns war das früher gaaanz anders!«, verkünde ich.

Wirklich? Anscheinend verklärt die Erinnerung. Wir Mädchen hatten damals auf den privaten Partys (Es gab keine einzige Klassenfete!) auch große Mühe, die Jungen zum Tanzen zu bekommen. Das gelang nur, wenn wir uns verabredeten, alle Knaben gleichzeitig aufforderten oder gewaltsam mitzogen. Auf der Tanzfläche alberten die Herren der Schöpfung dann herum, äfften unseren Tanzstil nach und desertierten, sobald ein romantisches Stück kam. Wenn wir sie zum Blues »zwangen«, schnitten sie hinter unserem Rücken Grimassen. Deshalb gingen wir Mädchen lieber zu Schulfesten, zu denen auch ältere Schüler erschienen. Die hatten die Pubertät wenigstens schon hinter sich.

Daheim fällt mir ein, dass nicht ein einziges Lied von den Stones gespielt worden ist. Da kann ja auch keine Stimmung aufkommen! Am nächsten Tag sagt Chiara zu mir: »Ach, Sie haben so verträumt ausgesehen, als Sie mit Herrn Fink getanzt haben. – Dabei haben Sie sicher an Ihre Jugendzeit gedacht, an die fünfziger Jahre.« Kinder haben wirklich kein Zeitgefühl. In den fünfziger Jahren war ich noch nicht mal geboren.

**»Wir machen alles, was Sie wollen!«**

# 13. Logorrhö, ein Leiden unserer Zeit

Samstagnacht komme ich mit starker Migräne heim: Eine Bekannte hat mich drei Stunden lang unterhalten. Gnadenlos und ohne Atempause. Mit allem, was ihr so einfiel: die täglichen Gemeinheiten des Chefs, der Schwiegermutter und der Nachbarin. Die misslungenen, aber doch so gut gemeinten Basteleien des Goldsohnes, seine Erdbeer-Allergie und seine beachtlichen Erfolge an der Waldorf-Schule. Die Scheinschwangerschaft der Rassehündin, neue Diäten, ein Frauenroman mit vielen obszönen Stellen (»Kult, sage ich dir!«), die vermutlich stark behaarte Brust des Kellners und die fantastische Tomatensoße, die auf das Tischtuch sprüht, als sie bei einem ihrer Witze laut loslachen muss. Ich höre zu und schweige.

Nicht mal beim Essen vergönnt sie mir eine Ruhepause. Während sie ihre malmende Zunge samt Tomatensoße präsentiert, berichtet sie hemmungslos von einer Feier, die mit irgendeinem Kollegen in irgendeinem Fahrstuhl endete. »Wenn Olaf das wüsste!« Olaf ist der Gatte, der diesen verbalen Orkan sommers wie winters aushalten muss. Er ist ein äußerst schweigsamer Mensch.

Als ich daheim den schmerzenden Kopf mit Aspirin und Eiswürfeln behandle, legt mir mein Sozialpartner das Gesundheitslexikon auf den Tisch: »Logorrhö. Krankhafte Geschwätzigkeit, ungehemmter Redefluss.« Also eine Art geistiger und verbaler Brechdurchfall. Nie zuvor habe ich von dieser Krankheit gehört.

Aber sie greift wie eine Epidemie um sich. Ständig stoße ich auf neue Infizierte: beim Einkaufen, am Telefon, im Restaurant, in der U-Bahn, im Fernsehen. Das gefährlichste Übertragungsmittel scheint das Handy zu sein. Die Betroffenen sind sich ihrer Krankheit in der Regel nicht bewusst. Viele Befallene denken sogar, sie seien ganz besonders unterhaltsam und vergnüglich. Wenn ihr »Gesprächspartner« resigniert in Stillschweigen erstarrt, erfreuen sie ihn mit umso lauteren und fröhlicheren Monologen. Das markanteste Merkmal der Logorrhö: Je mehr Banalitäten es preiszugeben gilt, desto nachdrücklicher und ungebremster ergreift diese Krankheit vom Menschen Besitz.

Der Infizierte beginnt seine zwanghaften Tiraden meist schon hundert Meter vom eigentlichen Treffpunkt entfernt. Er kommt gerade noch dazu, ein rein formales »Wie geht es dir? Du warst doch so lange krank!« von sich zu geben. Es wäre völlig falsch, auf diese Frage einzugehen. Eine Antwort möchte der Logorrhötiker nämlich nicht. Er will nicht zuhören. Er möchte reden. Und das möglichst, ohne unterbrochen zu werden. Er duldet interessierte Zwischenfragen nur mit Mühe, doch er versteht sie zu nutzen, indem sie seinen Redefluss anspornen und seine Assoziationen in eine neue Richtung lenken.

Als Anfänger im Umgang mit Logorrhö-Patienten meinen Sie eventuell, dass auch Ihre Gedanken und Erlebnisse berichtenswert sind. Vielleicht gelingt es Ihnen wirklich, während eines Hustenanfalls oder einer Trinkpause Ihres Gegenübers ein, zwei Sätze unterzubringen. Die einzig denkbare Replik darauf ist: »Ich habe auch schon mal…«. Dann folgt unweigerlich ein Komparativ wie »besser, schneller, größer, teurer«, und Ihr albernes kleines Abenteuer fliegt Ihnen wie eine faule Tomate um die Ohren.

Ihre Reaktionen auf schwere Logorrhö-Fälle sollten niemals übertrieben oder allzu emotional ausfallen, denn Sie wollen den Kranken ja nicht ablenken oder stören. Er muss seinen Gedankenschrott entsorgen und hat Sie dazu auserkoren. Also spielen Sie gefälligst Ihre Rolle! Und kommen Sie nicht auf die Idee, Ihren Blick gelangweilt durchs Lokal schweifen zu lassen oder genervt mit dem Feuerzeug zu spielen. Das verstört den Kranken unnötig und treibt ihn zu neuen Höchstleistungen an.

Am Telefon wartet der Infizierte meist gar nicht ab, ob sich der gewünschte Gesprächspartner meldet, sondern beginnt schon, während man den Hörer hochhebt: »Stell dir vor, Frau Krüschel hat doch heute zu mir gesagt, ich solle den Hund an die Leine nehmen. Ja, wirklich. Da sage ich, solange ich hier Miete zahle, sage ich, kann ich mit meinem Hund durchs Treppenhaus gehen, wie ich will und wann ich will, sage ich. Sie haben mir gar nichts zu sagen, sage ich, das lass ich mir von Ihnen nicht bieten, nicht hier und nicht heute, sage ich, Sie mit Ihren zwanzig Katzen, das ganze Haus stinkt danach, sage ich....«

Wenn Sie ein Telefon mit Lautsprecher haben, können Sie in der Zeit des »Gesprächs« viele sinnvolle Dinge erledigen. Rabattmarken einkleben, Gobelins knüpfen, Sudokus lösen. Sie müssen nur in rhythmischen Abständen kommunikationsfördernde Laute von sich geben: »Hm, ja ja, hm – tatsächlich?«

Selbst Erkältungen und Kehlkopfentzündungen behindern den Logorrhötiker nicht. Wenn er nicht laut reden kann, zischt er dafür eindringlich und leise all das, was er loswerden muss. Manche beginnen in solchen Fällen sogar, sich schriftlich auszudrücken. Man kann einen Inkontinenten daran erkennen, dass er immer etwas zu schreiben bei sich hat. In seiner Wohnung finden Sie an allen Ecken, strategisch gut gewählt,

Schreibblock und Stift. Andere Schwerkranke wollen bisweilen mehrere Erlebnisse gleichzeitig verbal entsorgen. Das gelingt natürlich nicht und führt zu Versprechern, unkontrollierter Atmung, Hyperventilieren und hysterischen Ausbrüchen. Helfen Sie dem Kranken, indem Sie immer einen Plastikbeutel bei sich haben. Wenn er da hineinatmet, beruhigt er sich in der Regel und kann weitersprechen. Im Normalfall reicht es allerdings, ihn unauffällig zu seinem ersten Gedankengang zurückzuführen.

Vermeiden Sie es, mit Infizierten ins Theater zu gehen. Sie bekommen vom Inhalt ohnehin nichts mit, weil es neben Ihnen ständig weiterplappert. Viele dieser Äußerungen haben übrigens keinerlei informativen Gehalt. Sie dienen mehr der Stimmfühlung. Sie kennen das von Konrad Lorenz' Graugänsen. Eine macht: »Wiwiwi«, die andere antwortet: »Ganganganggang«. Das heißt eigentlich nur: »Sieh mal, hier bin ich.« – »Ja, das ist mir nicht entgangen.«

Wenn Sie einem Logorrhötiker eine Freude machen wollen, besuchen Sie mit ihm einen Stummfilm. Hier kann er ungehindert kommentieren, die Handlung schildern und den Text der Schauspieler mitsprechen.

Leider ist Logorrhö sehr ansteckend. Die Krankheit befällt auch Männer, obwohl die das beharrlich abstreiten.

Über die Heilmethoden streiten sich die Wissenschaftler noch: Mundknebel? Stimmbandlähmende Substanzen? Kieselsteine zum Lutschen? Da die Kranken ihren Zustand nicht als störend empfinden, ist es schwer, sie von der Notwendigkeit einer Behandlung zu überzeugen.

Versuchen Sie auf keinen Fall, die Logorrhö mit Alkohol zu bekämpfen! Der Kranke versucht dann mit schwerer Zunge, seine Gedanken doppelt und dreifach zum Ausdruck zu bringen. Es hat auch keinen Sinn zu sagen: »Das weiß ich schon!« oder »Das hast du mir schon hundertmal erzählt!« Solche Unterbrechungen stören den Kranken nicht die Bohne. Er bringt die Anekdote trotzdem noch mal. Wie ein aufgezogenes Grammophon.

Die Heilungsaussichten sind ebenfalls umstritten. Hindern Sie einen Logorrhötiker nur wenige Stunden am Reden, so spart er sich alle Worte und Gedanken auf und lässt sie anschließend mit doppeltem Tempo auf sein Opfer niederprasseln. Die einzige Chance, die es vielleicht gibt: Man muss zwei der Erkrankten zusammenführen und miteinander allein lassen. Das verstört sie nachhaltig: »Mein Gott, dieser Skowatsch redet ja unentwegt! Ich habe solche Kopfschmerzen! Wie hältst du das mit dem nur aus?«

## 14. Schon wieder ein Buch?

Es soll Menschen geben, die gerne lesen. Und es überall tun: in der U-Bahn, im Bett, sogar auf dem Klo. Ständig erwerben sie Druckerzeugnisse: auf der Tankstelle, in der Drogerie, manchmal auch im Fachhandel. Sie verzichten aufs Fernsehen. Sie lauschen allenfalls den Literaturpäpsten und -päpstinnen und schleppen die empfohlene Lektüre heim. Frequentieren Büchermessen, um neue Staubfänger zu jagen. Vom wahren Leben haben sie keine Ahnung. »Big Brother« kennen sie nur aus einem verschrobenen Buch von 1948 oder 1984. Dieter Bohlen und sein literarischer Hühnerhof ekeln sie an. Dafür schätzen sie Camus und andere sibirische Schriftsteller. *)

Als Vorschulkind traktierte ich alle Verwandten. Jeder musste vorlesen oder Geschichten erfinden. Meine Oma hatte sich dabei auf Hexen spezialisiert, die an allen möglichen Orten Spinnenbeine kochten und Knochen sortierten. Mit zehn Jahren hatte ich daheim alles gelesen: vom Säuglingspflegebuch über »Die Elixiere des Teufels« bis hin zum großen Eheberater. Darin hatte es mir besonders das Kapitel »Wie verfährt der junge Bräutigam mit der zaghaften Braut?« angetan. Wenn ich seither das Wort »herzhaft« höre, denke ich automatisch an Hochzeitsnächte...

Meine Mutter besorgte mir einen Bücherei-Ausweis und hatte fortan Ruhe. Ich saß in einer Sofa-Ecke und war nicht mehr ansprechbar. Ich las Märchen, Krimis, Abenteuer, Briefromane, Sciencefiction, 45 Bände Karl May, »Vom Winde verweht« und den »Steppenwolf«. Dabei habe ich zugegebenermaßen wenig über Haushaltsführung gelernt und war auch ein sehr unsportliches Kind mit krummem Rücken. Mit acht Jahren bekam ich bereits eine Brille. Aber Phantasie und Stil entwickelten sich zur Zufriedenheit meiner Lehrer und Erzieher.

Heute lesen viele Jugendliche sehr ungern, vor allem die Knaben. Das liegt daran, dass sie nur von Weibern unterrichtet werden. Da kann einem ja wirklich alles vergehen! Kein Wunder, dass PISA bei deutschen Schülern gering ausgeprägte Fähigkeiten zur Texterschließung konstatiert. Daran sind die vielen Lehrerinnen schuld. Anstatt über die Aufstellung der Nationalmannschaft zu diskutieren, müssen sich die Jungen mühsam in fiktive Problemwelten »einfühlen« und vielleicht auch noch öffentlich über ihre Gefühle reden! Klar, dass Schüler stöhnen, wenn ein Bücherstapel mit Lehrerin darunter in der Tür erscheint. »Was, schon wieder? Wir haben doch gerade im vorigen Jahr ein Buch gelesen!« Missmutig blättern sie in den funkelnagelneuen Büchern und berechnen anhand der Schriftgröße den persönlichen Zeitaufwand. Befürchten aus leidvoller Erfahrung knochentrockene Inhaltsangaben, Kurzreferate und literarische Standbilder. Beklagen scheinheilig Papierverschwendung und Mord an unschuldigen Bäumen.

Sandra fasst das neue Buch gar nicht erst an: »Phh, kenn' ich schon. Das lief grad im Kino. Ein Junge zieht nach Neukölln und wird fertiggemacht. Zum Schluss…« Ich kann ihr gerade noch verbieten, das Ende vorwegzunehmen. Aber wahrscheinlich erzählt sie den Film in der Pause. Das erspart den Mitschülern das lästige Lesen. Im nächsten Aufsatz werden sie mich mit assoziativen Bruchstücken abspeisen.

Weil fossile Bildungsexperten und hungernde Verleger behaupten, dass Lesen intellektuell und charakterlich bildet, müssen Lehrer weiterhin unwilligen Schülern Bücher zuführen. Aber nur ganz vorsichtig! Nichts überstürzen. Die zarte Kinderseele könnte Schaden nehmen, wenn sie Ganzschriften oder ungewohnten Stilebenen ausgesetzt wird. Literatur muss wie bittere Medizin mit Puderzucker bestäubt und in winzigsten Dosierungen verabreicht werden. Am besten noch püriert wie Babynahrung. In einer Bibliothek unseres Vertrauens führen wir die lieben Kleinen behutsam ans fremde Kulturgut heran. Sind gerührt, wenn einzelne Schüler Bücher entleihen. Zwar nur Comics und sprachlich schlichtesten Grusel, aber Hauptsache, es wird gelesen!!! Die Redaktion der Schülerzeitung entwickelt extra einen Fotoroman, um die Mitschüler zum Kauf zu stimulieren. Die Sprechblasen und Kurzkommentare lesen die meisten gerade noch. Die langweiligen Texte dagegen – eine ganze Seite ohne Bilder! – reizen sie überhaupt nicht.

Junglehrer ohne Rückenprobleme organisieren Lesenächte in der Schule. Im Schlafsack eingeschnürt, bringen sie Kernstellen und andere »Gedankenbonbons« zu Gehör. Möglichst mit einer Taschenlampe im verdunkelten Saal. Da können sich die Schüler besser »an den Text anschmiegen«. Allerdings muss für solche Veranstaltungen erst die Selbstkompetenz der Lehrkraft handlungsrelevant erweitert werden, z. B. durch den Kurs »Stimmbildung öffnet Erlebniswelten«. Beim nächtlichen Vortrag wird der Schluss weggelassen: literarischer Coitus interruptus. Unbefriedigt stürzen sich die Kinder am nächsten Tag auf die Bücher und verschlingen selbsttätig die restlichen Seiten! Einige wenige zumindest.

Grundschüler basteln aufopferungsvoll Lesekisten: z.B. einen Schuhkarton für Harry Potter, die bebrillte Zauberwaise. In die Kiste stopft der junge Bastler Kultgegenstände aus seinem Lieblingsbuch**): gekrakelte Schatzkarten, ein totes Frettchen, Zauberstäbe und Schnee-Eulen-Köddel. Außen wird alles mit Bildern aus dem Buch dekoriert, und der Höhepunkt der Eigentätigkeit ist eine kurze Inhaltsangabe, die oben auf den Deckel geklebt wird. Für neugierige Mitschüler. Die bunten Schuhkartons tragen die Grundschüler ständig bei sich. Das steigert die Leselust.

Ältere Schüler parlieren in Schreibkonferenzen über selbst und fremd verfasste Texte – so wünscht es sich zumindest der Methodik-Ratgeber. Der jugendliche Leser wird vom Lehrer genötigt, ein literarisches Tagebuch zu führen. Darin soll er seine Kontakte mit Büchern festhalten, die er außerhalb des Unterrichts liest. Christoph ist auf seiner Reise durch die Oberstufe immerhin zwei Büchern begegnet: »Die Geschichte der O.« und »Zauber der Taiga«. Im Internet hat er ganz brauchbare Zusammenfassungen gefunden. Die muss er nur leicht abändern und mit zwei, drei Rechtschreibfehlern versehen.

Auf Elternabenden gibt der Lehrer den Missionar. Er verteilt Lektürelisten, bettelt um Spenden für neue Bücher und rekrutiert stillgelegte Großeltern für Märchennachmittage. Er verkündet, wie wichtig Lesen für differenziertes Sprechen und Denken und für die Rechtschreibung ist. – Dass Lesen einfach Spaß macht, dass es wie ein Zauber sein kann, andere Lebenswelten öffnet und die Kreativität fördert, irritiert die meisten Zuhörer nur. Alles, was heutzutage erstrebenswert ist, muss billig und bequem sein oder den Bregen stimulieren. Damit der Lehrer endlich das Thema wechselt, spenden die Eltern ein paar Euro für die Klassenbücherei. Die ersten zwanzig Bände hat der Lehrer selber bezahlt. Was tut man nicht alles, damit die Schüler lesen.

Der Deutschlehrer propagiert den »Tag des Alphabets« oder die »Brüder-Grimm-Woche«. Er veranstaltet literarische Stadtrundgänge: »Hier haben Emil und seine Detektive eine Bockwurst verzehrt«. Lehrer organisieren Vorlesewettbewerbe, Autorentreffen und literarische Flohmärkte. Sie kümmern sich um neues »Lesefutter«, richten »Lese-Kuschelecken« ein, wühlen in teuren »Sprachförderkoffern«, bieten »Sprechanlässe für Erzähllandschaften« und trachten stets danach, wandernde Vakuen mit faustischem Streben zu füllen.

Dabei können auch Sie helfen! Der Staat hat bekanntermaßen kein Geld – zumindest nicht für solchen Unsinn – und fordert Sie auf, sich im nächsten Schulamt als ehrenamtlicher »Leselotse« registrieren zu lassen. Dann können Sie in einer Grundschule das nachholen, was Sie bei Ihren eigenen Kindern versäumt haben: stundenlang vorlesen.

Oder wollen Sie, dass die deutsche Buchkultur infolge Lesermangels untergeht????

---

*) Ach, Camus ist gar kein sibirischer Schriftsteller?

**) Einige kindliche Außenseiter lesen tatsächlich gern! Deren Eltern haben frühzeitig so getan, als würden sie sich gern mit Büchern befassen, nur weil die Zeitschrift »Family forever« behauptet hat: »Lesen macht intelligent!« Dem Ungeborenen haben sie »Mary Poppins« vorgetragen. Am Kinderbett haben sie pausenlos geflüstert: »Lesen macht Spaß. Bücher sind toll.« – Nach einem ähnlichen Prägungsmuster hat meine Mutter ihre jüngste Tochter zum Lebertranschlucken bekommen. Wenn der Löffel mit dem stinkenden Elixier sich dem Kindermund näherte, hat meine Mutter so getan, als liefe ihr das Wasser im Munde zusammen, und geflötet: »Hmmmm, lecker! Das schmeckt gut!!« Meine Schwester ernährt sich heute noch von Lebertran. Lesen tut sie auch.

Vereinzelte kindliche Außenseiter lesen tatsächlich gern!

Eine echte Quälerei. Jeder muss sich ein Buch aussuchen. Und lesen…

# 15. Gesunde Ernährung

Liebe Eltern,

Sie geben Ihrem Kind Essensgeld mit in die Schule? Sie glauben, es kauft sich davon Müsli und Salat? Erlauben Sie, dass ich lache! – Wollen Sie wissen, was die lieben Kleinen wirklich essen? Ich kann es täglich beobachten, wenn ich in der Cafeteria der Schule auf mein Vollwertfrühstück warte. (Mein Lebenspartner weigert sich nämlich, morgens früher aufzustehen, um mir liebevoll Schnittchen zu schmieren.) In der Warteschlange vor mir stehen sechs Schüler und liefern wertvollen Anschauungsunterricht in Sachen gesunder Ernährung. Svenja ersteht zehn Lakritzschnecken und einen Liter kalte Cola. Sascha erwirbt einen großen Becher Kaffee in der Hoffnung, vor dem Unterricht noch die Augen aufzubekommen. (Sascha besucht die 7. Klasse.) Anna marschiert hochzufrieden mit ein paar blauen Lutschern und einem Schoko-Eis davon. Alexander kauft sich vier trockene Brötchen.

Milch kaufen die Schüler übrigens auch. Allerdings in Form von dickflüssigen Mixgetränken mit viel Zucker, Banane und Schokolade. Normale Milch verkauft sich nicht. Deshalb gibt es sie nicht mehr, obwohl sie für Schulen subventioniert war. Aber das preisgünstige Nährmittel haben immer nur Lehrer gekauft (im Zehnerpack – sie müssen schließlich ihr Eigenheim finanzieren).

Die Erziehungsversuche am Tresen habe ich aufgegeben. Ja, das ist schlimm, ich weiß, denn als Lehrerin bin ich natürlich auch für die gesunde Ernährung meiner Zöglinge verantwortlich. Früher war das mal Sache der jeweiligen Groß- oder

Kleinfamilie, aber das ist lange her. Heute fühlen sich etliche Eltern nur noch für den Kauf von Unterhaltungselektronik zuständig. Selbstverständlich stehen im Kinderzimmer Fernseher, DVD-Player und Computer. Unterdessen gibt es in der Bundesrepublik mehr Handys als Einwohner.

Für meine Plädoyers zugunsten von Multivitaminsaft, Obst und Joghurt ernte ich bei den Schülern gelangweilte Gesichter. All das kann man auch in der Cafeteria kaufen. Sicher sagen Sie jetzt, dass an einer Schule eben gar keine Süßigkeiten und Pommes frites im Angebot sein dürften. Aber dann sägen die Schüler heimlich Löcher in den Zaun und versorgen sich beim Bäcker um die Ecke mit Phosphaten, Nitriten, gesättigten Fetten und nutzlosen Kohlehydraten. Unsere Schulleiterin hat sich in den Pausen oft vor den nächsten Supermarkt gestellt, um die Kinder am Einkauf zu hindern. Dann hingen sie später im Sportunterricht kraftlos an der Sprossenwand oder gähnten bis zum Schulschluss pausenlos.

Wenn die neuen Siebtklässler kommen, bleiben wir Lehrer länger und essen die ersten Wochen mit ihnen gemeinsam in der Mensa, damit sie sich an warme Mahlzeiten gewöhnen. Weil viele Kinder mit leerem Magen in der Schule erscheinen, frühstücken wir manchmal zusammen – aber immer mit einem schlechten Gewissen: Was sagt der vollgestopfte Lehrplan dazu?

Wir besprechen mit den Kindern ausführlich, was alles zu einem energiespendenden Frühstück gehört. Das wissen meine Schüler mittlerweile und können es auf Nachfragen detailliert aufsagen. Da freut sich die Schulärztin, die einen Präventionsvortrag hält. Aber in der Realität finden sich auf unserem Frühstückstisch in der Klasse immer wieder Plastikkäse, haltbar bis zum Jahr 2015, eimerweise Nougatcreme und jede Menge Limonade. »Nur so macht Frühstück Spaß!«, erklärt Diana trotzig. Auf Wandertagen nehmen viele Schüler keinen Proviant mit, sondern stürmen den ersten Bahnhofsimbiss mit altem Friteusen-Fett, falls sich der Lehrer nicht dazwischenwirft.

Auf Klassenfahrten denken manche Pädagogen, jetzt endlich die volle Kontrolle über das Essverhalten ihrer Schüler zu haben. Während der Anreise müssen sie es noch hinnehmen, dass die Kinder säckeweise Kekse, Schokolade und Bonbons verzehren. Beim Elternabend hat man zwar darauf hingewiesen, dass der kindliche Körper durch solche Ernährung Schaden nimmt, aber der Gesichtsausdruck mancher Eltern sagt deutlich: »Lass die Alte ruhig quatschen. Mein Kind entscheidet selber, was es essen will.«

Bei der ersten Mahlzeit im Schullandheim haben die Schüler nach all den Süßigkeiten natürlich keinen Hunger. Im Heim wird sehr ausgewogen und liebevoll gekocht. Aber die Salatschüsseln und Obstkörbe bleiben weitgehend unbeachtet. »Versucht doch wenigstens ein bisschen davon!«, bittet die Lehrerin. Mit langen Zähnen kauen ein paar Kinder ein Salatblatt und beschnüffeln argwöhnisch die Kohlrabischeiben. »Was ist denn das Komisches?«

Beim Gute-Nacht-Sagen finden die Lehrer Instant-Nudelsuppen im Papierkorb. Ein wenig heißes Wasser in einen Plastikbecher, und schon haben die ausgehungerten Kinder ein leckeres Mahl! Unter den Jungsbetten entdeckt die Zimmerkontrolle leere Pralinenschachteln. Die törichten Knaben haben gehofft, sich mit Weinbrandbohnen einen kleinen Rausch anessen zu können. Zur Strafe ist ihnen schlecht. Die Lehrerin beschließt voller Groll: »Nächstes Mal geht's auf Klassenfahrt nur in die finsterste Einöde. Wo man erst vierzig Minuten den Berg runterkraxeln muss, um den nächsten Kiosk zu erreichen!« Aber in der Einöde verkauft das Jugendheim gleich selber all die köstlichen Dinge, die Kinder mögen. Nach einem Tag ist der Cola-Automat bereits leer.

Der schönste Tag auf der Klassenfahrt ist der, an dem das Heim fettige »Bratwurst mit Pommes rot-weiß« kredenzt. Selige Kinderaugen, verzücktes Lächeln. Kein Krümel, kein Wurstzipfel bleibt übrig. Massen leerer Ketchup-Flaschen zieren die Tische. Die Lehrer verlassen hungrig den Saal. Vielleicht findet sich noch ein Äpfelchen im Spind? Leider nicht, aber mitleidige Schüler bringen den Lehrkräften ölige Erdnüsse und bunte Schaumstoffwaffeln.

In der Projektwoche macht unsere Sozialpädagogin einen Esskurs mit den Schülern. Dort verkosten sie mit verbundenen Augen allerlei Dinge, um überhaupt den Geschmack von manchen Nährmitteln kennen zu lernen. Die Arbeitslehre-Kollegen bieten Kochkurse an: »Gesunde Ernährung für wenig Geld«. Dorthin kommen viele Schüler, denn so ein Kurs ist allemal unterhaltsamer als »Stadtteilerkundung unter historischen Aspekten« oder »Wie kam unsere Schule zu ihrem Namen?«

Aus Erziehungszeitschriften weiß ich, dass auch fürsorgliche Eltern ihre Kinder nur mit List und Tücke zum Obst- und Gemüsekonsum anhalten können. Das gelingt ihnen z.B., indem sie aus Gurken und Radieschen kleine Schweine und Delfine schnitzen oder das Gemüse in Form von Fischstäbchen servieren.

Aber wir wollen dieses Thema nicht gar so schwarz sehen. Es gibt noch Hoffnung. In meiner neuen Deutschgruppe ist ein

Schüler, der in einer Plastikschachtel stets Vollkornbrot mit dekorativen Salatblättern und Putenbrust, klein geschnittene Möhrchen und Paprika mit sich führt und selbiges genüsslich verzehrt. Er ist mir sehr ans Herz gewachsen. Vor allem, seit er mich manchmal an seinem Frühstück beteiligt.

# 16. Teile und herrsche!

## Hilfreiches für die Hand des Schulleiters

Danke, danke, danke!

Seltsam, kaum jemand will heute noch Schulleiter werden. Bildungsanstalten veröden, Kollegien verzweifeln, Journalisten schimpfen, Schüler marodieren.

Danke, dass du dich bereit gefunden hast, in diesen harten Zeiten eine der leeren Funktionsstellen zu übernehmen. Wenn du Pech hast, bist du der Dienstälteste und musst das machen, bis sich jemand offiziell bewirbt oder zu euch versetzt wird. Natürlich bekommst du keinen Cent extra für deine doppelte Arbeit.

Vielleicht hast du aber auch fünf bis zehn Jahre an einem Bewerbungsverfahren teilgenommen, dir in der Zeit drei Schulrechtsvarianten angeeignet, jede Menge Prüfungen und Schulungen absolviert und dir deinen Posten hartnäckig erarbeitet. Zur Belohnung kommt erst mal das »haushaltstechnische Wartejahr«: Dein Gehalt stagniert trotz der Beförderung. Dieses Wartejahr kann auch 30 oder 60 Monate dauern. Schließlich sind die Kassen leer und für »freiwillige« Mehrarbeit gibt es im öffentlichen Dienst keine Puseratze, stattdessen eine Flut von Ausführungsvorschriften und obskuren Einschüchterungen.

Man weiß nicht, was dich dazu bewogen hat, im deutschen Bildungselend eine Schule zu leiten. Totaler Altruismus und der missionarische Drang, »alles besser zu machen«? Geldgier?

Titel-, Kontrollsucht oder eine andere Zwangsneurose? Familiärer Terror, dem jeden Tag 12 Stunden zu entkommen, du heilfroh bist? Die Ruhe in einer Schule am Wochenende ist idyllisch. Deinen Untergebenen gegenüber beklagst du, dass du auch am heiligen Sonntag und in den Ferien in der Schule zu tun hast. Einige schweigen betreten, weil sie auf ihrer Datsche Froschteiche angelegt haben. Andere rechnen dir vor, wie viele Klausuren sie am Wochenende korrigiert haben. Sie alle wissen nicht, dass du dir ein neues Computerspiel heruntergeladen und auf dem Dach der Schule einen Sonnenschirm und einen Liegestuhl aufgestellt hast.

Wie auch immer deine Motivationslage ist, eine Schule zu leiten – der eine oder andere Hinweis mag dir helfen, deinen Posten angemessen zu bekleiden.

## Dein Umfeld

Als wichtigstes steht dir ein eigener Parkplatz im Schatten zu. Lass den Hausmeister dort ein Schild mit deiner Autonummer und einem Totenkopf als Warnung anbringen. Als nächstes wirfst du deine Stellvertreterin aus dem gemeinsamen Büro. Dein seniler Vorgänger wollte auf gleicher Augenhöhe mit ihr arbeiten. Das ist völlig falsch verstandene Demokratie! Hinten im Flur befindet sich eine Kammer mit alten Akten und Jubiläumsbroschüren. Da passt gerade noch der Schreibtisch der Stellvertreterin mit rein. In der Kammer verfügt sie über ein historisches Waschbecken aus dem 19. Jahrhundert. Du kannst ihr eventuell noch Telefon legen lassen. Das ist ganz sinnvoll, wenn du sie zu dir zitieren und für deine eigenen Fehler abkanzeln willst.

Dir selbst kaufst du als erstes einen anständigen Schreibtisch. Natürlich von deinem eigenen Geld. Nicht so ein schmales Ding, an dem einem die Leute viel zu dicht auf die Pelle rücken. Nein, das Mindestformat sollte zwei mal zwei Meter betragen. Das schafft Distanz und lässt Bittsteller klein und unbedeutend erscheinen. Wie früher in Königshäusern: Je wichtiger die Herrscher, desto weiter weg saßen sie. Basta. Die Schreibtischlampe stellst du so ein, dass die Besucher geblendet werden. Das habe ich in einem Ratgeber für Personalchefs (oder waren es CIA-Verhöre?) gelesen. Der Besucherstuhl muss etwas niedriger als deiner sein – wenn das Personal zu dir aufblicken muss, unterstreicht das die Hierarchie.

Zum vertraulichen Gespräch mit deinen Hofschranzen hast du einen Beistelltisch am Fenster, wo man nett miteinander plaudern kann und sich die Knie berühren, wenn es nötig ist. »Ach, Herr Würfel, würden Sie wohl so liebenswürdig sein und für mich einen Schrank in den vierten Stock tragen?« Dieses Stilmittel muss sehr überlegt eingesetzt werden. Es ist für einen männlichen Schulleiter nicht unbedingt Erfolg versprechend, sein Knie an das des dienstälteren Deutschfachleiters zu drücken. Ich rate Männern, das erst mal bei Referendarinnen zu üben. Frauen in Leitungspositionen sollten nur im Notfall mit dem Knie arbeiten. Ihnen stehen genug andere Mittel zur Verfügung: tränenumflorter Blick (»Ach, ich habe immer so viel zu tun! Mein Mann weiß gar nicht mehr, wie ich aussehe!«), sanftes Tätscheln des Arms (»Wenn ich Sie nicht hätte!«) oder ein gespitztes Mündchen (»Sie Schelm!«).

## Die Macht

Macht macht Spaß. Das wirst du schnell merken. Es ist erstaunlich, was Untergebene sich alles gefallen lassen. Seitdem Schulleiter nun ihr Personal auch beurteilen und benoten dürfen, trauen sich Lehrer gar nichts mehr. Es sei denn, sie stehen kurz vor der Pensionierung. Dann musst du mit der ein oder anderen Frechheit rechnen. Aber sei unbesorgt: Die meisten älteren Lehrer sind viel zu erschöpft, um sich zu wehren. Und die jüngeren wollen noch Karriere machen und müssen auf einen vorbildlichen Personalbogen achten. Brav führen sie auch absurdeste Anweisungen aus – z.B. die Biologiezensuren aller Katholiken aus diversen Unterlagen herausschreiben, täglich an Evaluationen zu Lehrergesundheit und Lebenslust teilnehmen, alle möglichen Dinge wie Papierkörbe, Tafellappen, Volleybälle oder Gitarren zählen und katalogisieren. Deiner Phantasie sind keine Grenzen gesetzt.

Teste selber, wie weit du gehen kannst. Du hast die Macht der Definition. Was du witzig findest, ist eo ipso witzig! Also streu ruhig Salz in den Kaffee des Sportkollegen. Der lächelt gequält. Eigentlich möchte er zuschlagen, aber er darf nicht. Ist das nicht lustig? Lach nie, wenn Kollegen dir einen Witz erzählen. Lass dir die Pointe so lange erklären, bis der Witzbold sich verlegen windet. Gute Witze notier dir anschließend! Die gibst du bei der nächsten Bezirksschulleitersitzung zum Besten.

Viel Vergnügen bereitet es, Kolleginnen zum Weinen zu bringen. Mit der Zeit entwickelst du ein sicheres Gespür dafür, wer gleich in Tränen ausbricht. Je nach Stimmungslage und persönlicher Beziehung kannst du dann tröstend oder ironisch reagieren. Manche Kollegen werden schnell laut und widerborstig. Sich mit denen anzulegen, strengt nur unnötig an.

Gib ihnen zu tun. Mach sie zu stellvertretenden Fach- und Jahrgangsleitern! Was, darüber entscheidet das Kollegium? Lächerlich! Du wirst doch wohl in der Lage sein, eine Wahl zu manipulieren!

Schon die alten Römer entwickelten ein vernünftiges Führungsprinzip: Divide et impera. Teile und herrsche. Lehrer brauchen Anerkennung und Lob, gerade jetzt, wo die Öffentlichkeit nur noch auf ihnen herumhackt. Da sie positive Rückmeldungen von ihren Schülern manchmal erst nach zwanzig Jahren bekommen, bist du dafür zuständig. Das ist ein wunderbarer Machtfaktor. Lob den einen Lehrer und ignorier den anderen. Je nach Tagesform. Egal, was sie geleistet haben. Zieh die eine Lehrerin ins Vertrauen, die andere ignorierst du ein paar Wochen. Beobachte, was das mit den Leuten macht. Ist das nicht eindrucksvoll? Du hast schon als Kind gern Käfer gequält. Aber das war gar nichts im Vergleich zu dem Biotop, das dir jetzt zur Verfügung steht. Separiere bei lustigen Feten einzelne Kollegen und schließ die Tür fest hinter euch. Jeder führt gern vertrauliche Gespräche mit seinem Vorgesetzten. Du wirst erstaunt sein, was sie dir alles anvertrauen. Ohne, dass du nachfragen musst. Keine Majestätsbeleidigung, keine Unmutsbezeugung bleibt dir verborgen. Dein Herrschaftswissen streust du hier und da mal unters Volk und zeigst damit deinen Untertanen, dass sie nichts vor dir verheimlichen können.

Halte das Kollegium in Bewegung und Unsicherheit! Lern von Lenin! »Vertrauen ist gut, Kontrolle ist besser.« Deine Lehrer müssen ständig das Gefühl haben, dass du hinter ihnen stehst. Dass du beispielsweise in den Fluren patrouillierst und die Lautstärke misst, die aus den Klassenzimmern dringt.

Lass dich nicht in Lehrerstreitereien involvieren. Du hast anderes zu tun (siehe Kapitel »Hoher Besuch« und »Außenwirkung«). Sollen doch die Kontrahenten ihren Kinderkram »interkollegial« regeln. Am besten hältst du dir ihre banalen Konflikte vom Hals, indem du die Streithähne ausführliche Berichte schreiben lässt, die wochenlang bei dir herumliegen und irgendwann verloren gehen. Nach sechs Gesprächsversuchen gibt auch der hartnäckigste Stänkerer auf und lässt sich freiwillig umsetzen.

## Das Leitungsteam

Der Zeitgeist verlangt, dass überall Teams gebildet werden. Egal, ob es nutzbringend ist oder nicht. Du hast ja Recht: Wer hätte je von Goethe oder Einstein Teamarbeit gefordert? Trotzdem: Such dir zum Schein vier Lehrer, die deinen Führungsstil bewundern und gut lenkbar sind. Ihnen versprichst du ein paar dezente Erleichterungen in ihrem Alltag. Da sich Gegenkandidaten kaum finden werden – seit der letzten Arbeitszeiterhöhung hat sich bei vielen Lehrern der Elan in weinerliche bis trotzige Abwehr gewandelt –, ist die Wahl deines Schulleitungsteams ein Klacks. Alle anderen sind froh, dass überhaupt jemand die Arbeit macht. Mag sein, dass dennoch ein aufsässiger Kollege kandidiert, um eure Kreise zu stören. Aber den einen könnt ihr problemlos ruhigstellen. Weißt du noch? »Teile und herrsche«.

Das Team ist dazu da, deine Meinung zu vertreten. Meistens hat es ohnehin keine eigene. Lass deine »Teamer« immer schön diskutieren. Das gibt allen ein Gefühl von Bedeutsamkeit. Du wirst feststellen: Je unwichtiger ein Thema ist, desto leidenschaftlicher und länger kann man es besprechen. Viele Menschen halten sich gern an unbedeutenden Details fest, weil sie bei komplizierteren Problemen ratlos sind. So schwafelt die Öffentlichkeit ständig von Schuluniformen und Werteunterricht und glaubt, beides werde die Gesellschaft grundlegend verbessern. Die wahren Ursachen sozialer Verrohung und geistiger Verödung will man lieber nicht antasten.

Lehrer können sich die Köpfe darüber heiß reden, in welcher Farbe Schwänzstunden markiert werden und ob die Zöglinge in allen Pausen das Gebäude verlassen müssen. Das ist wenigstens etwas Konkretes. Nach zwei Stunden leidenschaftlicher Diskussion tritt Erschöpfung ein, und alle werden erleichtert über deinen Lösungsvorschlag sein, den du bereits eine Woche vorher ersonnen hast. Ja, ich weiß, du würdest viel Zeit sparen, wenn du sofort machen könntest, was du für richtig hältst. Deswegen findest du auch das Zitat von Truman so schön: »Wie weit wäre Moses gekommen, wenn er in Ägypten erst hätte abstimmen lassen?«

Aber dein Team dient nun mal dazu, dem Kollegium vorzugaukeln, dass an schulischen Entscheidungen alle demokratisch beteiligt sind, und nicht du der Böse bist, der Unpopuläres verlangt.

»Tja, das hat aber das Leitungsteam so entschieden!«, kannst du lakonisch einwenden, wenn jemand wütend dein Büro stürmt.

## Die Schüler

Die Schüler lieben dich. – Das glaubst du wirklich. Lass dir am Rande gesagt sein: Es ist nur dein Amt. Als subalterner Lehrer hättest du es genauso schwer wie alle anderen auch. Glaubst du, die Mädchen aus der Oberstufe würden bewundernd bei dir sitzen und dich anhimmeln, wenn du nur ihr Physiklehrer wärst? Wie naiv. Trotzdem: Genieß ruhig die Bewunderung junger Menschen und gönn dir die Illusion, deine beeindruckende Persönlichkeit und deine Ausstrahlung seien gemeint.

Wenn es im Schulalltag Konflikte gibt und die Schüler zu dir weinen kommen, sind in der Regel die Lehrer schuld. Verbünde dich mit den armen Kindern, die sind dankbarer und offener in ihren Gefühlen als Erwachsene. Zeig ihnen, wie einfühlsam und großzügig du bist. Bitte leicht grinsend um Verständnis für den überforderten Mathe-Kollegen und schick den triumphierenden Schüler zurück in den Unterricht. Den beiden unfähigen Kollegen, die einen Schüler von der Klassenfahrt heimschicken wollen, nur weil er sturzbesoffen im Bett gekifft hat, erklärst du am Telefon, sie sollten sich gefälligst sinnvolle pädagogische Konsequenzen überlegen. Aber reagier knallhart, wenn der junge Mann dir später blöd kommt. Alles hat seine Grenzen! Es gibt so schöne andere Schulen!

## Die Eltern

Die Zusammenarbeit mit Schülereltern kann ganz kurzweilig sein, wenn die richtigen Freiwilligen sich für die Gremien melden. Da gibt es z.B. eine Schauspielerin von regionaler Bedeutung, die ihr schnippisches Töchterchen deiner Obhut anvertraut hat. Oder einen Mathematik-Professor, dessen Sohn bereits an fünf Gymnasien gescheitert ist. Prominente Eltern krönen eine Schule. Mit ihnen kann man die Website und sämtliche Werbebroschüren dekorieren. Mit ihnen kann man schön lästern, wenn die offiziellen Sitzungen vorbei sind. Ihr duzt euch natürlich. Die Eltern fühlen sich geschmeichelt, und du erfährst eine Menge über deine Lehrer. Auch hier funktioniert das Prinzip »Teile und herrsche«. Den einen herausheben, den anderen fallen lassen. Schwer vorstellbar, dass von den Eltern jemand sagt: »Nein, ich rede nicht über andere Leute in deren Abwesenheit. Alles hat seine Grenzen.«

Sollte doch jemand irritiert reagieren, zitierst du namhafte Wissenschaftler, die »Klatsch« als wichtige soziale Komponente betrachten.

## Umgang mit Querulanten

Wer sich aus der Masse erhebt, darf nicht mit Nachsicht oder Wohlwollen rechnen. Das wusste schon die Dichterin Marie von Ebner-Eschenbach. Natürlich hast auch du Feinde im Kollegium. Zum Beispiel Leute, die auf deinen Posten gehofft haben, aber die dem Schulrat dafür nicht aufs Knie klettern wollten. Wenn die Einbindung in schulische Extra-Aufgaben wie Drogenberatung, Steuergruppe oder Computerwartung ihre kritische Haltung nicht absorbiert, musst du zu Ordnungs- und Erziehungsmaßnahmen greifen:

Wer krank war, wird gleich am ersten Tag seines Wiederauftauchens zur Vertretung eingesetzt. Das ist eine gerechte Strafe und motiviert die anderen, die den Kollegen vertreten mussten, ungemein. Natürlich setzt du ihn nicht im winzigen Latein-Luxuskurs ein, sondern in einer vollen Geschichtsklasse. Möglichst im zehnten Jahrgang, wo die Schüler nach der hundertsten erfolglosen Bewerbung nur noch äußerst gereizt auf Anforderungen der Lehrer reagieren.

Springstunden in beliebiger Höhe sind ein probates Mittel, Querulanten zu beruhigen. Anhand des Computerprogramms kannst du greinenden Kollegen spielend nachweisen, dass es leider nicht anders geht. Ein Computer ist neutral und schikaniert keine Menschen… Dass du doch daran gedreht hast, wird dir sicher keiner unterstellen wollen, zumindest nicht laut und offen. Dann erklärst du, dass an einer Gesamtschule 14 Springstunden nichts Besonderes sind. Fünf Stunden davon liegen ohnehin in der Mittagszeit, die kann man eigentlich gar nicht als Springstunden rechnen. Irgendwann müssen die Kollegen sowieso essen. Dabei können sie gleich in der Schulmensa Aufsicht führen. Mensa-Aufsichten sind sehr beliebt, man sollte sie nur engsten Feinden gönnen.

Der spröden Halbtagskraft baust du einen Stundenplan, der sie täglich in die Schule schickt – und sei es nur für eine einzige Unterrichtsstunde. So hat sie kaum etwas vom erhofften Freizeitgewinn, aber deutlich weniger Gehalt und Pension. Wie deine Gerüchteküche dir zuträgt, jammert die Kollegin regelmäßig über die »unmenschliche Behandlung«, aber zum Personalrat geht sie nicht. Wozu auch? Dort ist dein bester Freund Vorsitzender.

## Andere Dienstkräfte

Bei der schüchternen Sekretärin kannst du deinen Launen freien Lauf lassen. Am Morgen tätschelst du ihr jovial den Arm, eine Stunde später scheuchst du sie quer durch die Schule, erzählst ihr kurz vor der Mittagspause einen Männerwitz – wehe, sie lacht nicht angemessen! – und gibst ihr Sekunden vor Feierabend noch einen zehnseitigen Brief zum Abtippen, damit sie nicht übermütig wird. Ihren Geburtstag vergisst du grundsätzlich, aber Gnade ihr Gott, wenn sie dich für dein Hühnerauge nicht angemessen bedauert.

Bei deinem sonstigen Dienstpersonal, den Druckern, Technikern und Laborassistenten, sorgst du durch den Gebrauch von lateinischen Zitaten und abwegigen Fremdwörtern für den gebührenden Abstand. Gib ihnen Anweisungen nur unter vier Augen, dann kannst du Fehlentscheidungen immer ihnen in die Schuhe schieben. Nur bei dem alten Hausmeister musst du vorsichtig sein. Seiner gekonnten Rache bist du nicht gewachsen. Sorg also dafür, dass er sich immer wohlfühlt.

## Hoher Besuch

In der Ära ständiger Evaluationen, Kontrollen und Präsentationen sucht manch wichtige Persönlichkeit deine Anstalt heim. Professoren, Pädagogik-Eminenzen und Staatssekretäre musst du heutzutage nicht mehr mit »Eure Exzellenz« anreden. Ein bisschen Beflissenheit kann jedoch nicht schaden. Wer weiß, welche Karrierepfade du noch beschreiten willst und wer dir dabei Brücken bauen kann. Erzähl dem hohen Besuch am Rande, dass du eine wegweisende Dissertation in der Hinterhand hältst, aber deiner Schule zuliebe auf eine wissenschaftliche Karriere verzichtet hast. Lamentier ausgiebig über die Unfähigkeit und Beschränktheit deiner Lehrer. Schildere den aufreibenden Kampf gegen ihre Larmoyanz und Ignoranz. Das impliziert automatisch, dass du selber ein begnadeter Pädagoge bist. Man wird dir blind glauben, dich von Herzen bedauern und dir für die nahe Zukunft eine »selbstständige Schule« in Aussicht stellen, in der du endlich offen schalten und walten kannst, wie du willst. Wenn die hohen Gäste entschwunden sind, mokierst du dich im Kollegium feixend über ihre Realitätsferne.

Erfüll Wünsche deiner Vorgesetzten möglichst schon, bevor sie überhaupt angedacht werden. Die da oben lieben Schulleiter und besonders Schulleiterinnen mit vorauseilendem Gehorsam und gering ausgeprägtem Widerspruchsgeist. Nimm mit deiner Mannschaft an allen Projekten und Modellversuchen teil. Das bedeutet in der Regel viel unnützen Aufwand, aber manchmal fällt eine Achtel-Lehrerstelle oder eine halbe Ermäßigungsstunde für deine Anstalt ab. Das kannst du dem Kollegium stolz als deine eigene Heldentat präsentieren. Die konkrete Mehrarbeit legst du vertrauensvoll in die Hände des Leitungsteams. Das ist eifrig am Werk und denkt sich pausenlos neue Erschwernisse für das Kollegium aus: jede Menge Formulare, Erhebungen und Vergleichsarbeiten, tägliches Protokollieren von Unterrichtsergebnissen und individuellem Lernzuwachs, monatliche Zensurenbilanzen und Entwicklungsberichte für die Eltern, alle zwei Monate Präsentationstage und Sprechstunden. Den Zeugnissen müssen mehrseitige Schülerpsychogramme beigefügt werden. Die prickelndste Neuerung: Die Unterrichtsstunden werden auf 30 Minuten gekürzt, so kann jeder Lehrer ein Drittel mehr Stunden geben. Was das an Personal und Geld spart! Es freut dich diebisch, dass das Leitungsteam deine lapidar hingeworfenen Ideen sofort in die Tat umsetzt und stolz auf seine genialen Entscheidungen ist.

## Außenwirkung

Kontakte zu Journalisten musst du sorgfältig pflegen. Einmal in ihren Presseverteiler aufgenommen, wirst du pausenlos interviewt. Zu Schuluniformen, Kopftüchern, Handys und Sprachprogrammen. Journalisten sind froh, wenn sie zügig arbeiten können und nicht lange in der ganzen Stadt recherchieren müssen. Hat deine Schule erst einmal einen guten Ruf, kann den so schnell nichts umstoßen. Das gilt umgekehrt übrigens genauso. Beschäftige an deiner Anstalt einen Hochseilartisten, einen Steinmetz und einen tibetischen Bogenschützen, und die Zeitungen werden sich darum reißen, dem geneigten Publikum deinen wundervollen Bildungshort zu präsentieren. Was die Künstler und Artisten tatsächlich für die Entwicklung der Zöglinge bewirken, ist dabei nicht von geringster Bedeutung. Das einzig Wichtige: Eine positive Pressebilanz attrahiert bürgerliche Eltern und sichert das Wohlwollen der Vorgesetzten. Ich sage nur: »Außenwirkung«! Natürlich hältst du dir auch einen Internet-Spezialisten für die Website eurer Schule. Der sitzt täglich am Computer, stellt neue Evaluationsergebnisse, Fotos und Aphorismen ein, lässt Animationen auf dem Bildschirm hüpfen und tanzen und mit einem Zeigestock auf eure, pardon, deine Errungenschaften hinweisen. Mit eurer schicken Website gewinnt ihr einen internationalen Wettbewerb. Der Sieg der Form über den Inhalt hat schließlich überall Einzug gehalten.

* * *

Ach, du wusstest das alles schon? Und deine Ideen und Aktionen übertreffen meine Vorstellungskraft bei weitem? Entschuldige, dass ich deine Zeit in Anspruch genommen habe. Bisweilen vergesse ich, wo mein Platz ist.

## 17. Wandertagsqualen

Vor langer Zeit wurden in den Schulen Wandertage eingeführt, um blasse Arbeiterkinder aus dem vierten Hinterhof in Licht und Sonne zu bringen. Diese Wandertage finden immer noch statt, wenigstens sechsmal im Jahr. Obwohl es kaum noch Hinterhöfe gibt und kaum ein Schüler seine Beine zum Laufen benutzen möchte. Mein ehemaliger Klassenlehrer hatte eine einfache Regel zur Planung seiner Wandertage: Die 5. Klasse läuft fünf Kilometer, die 8. Klasse acht Kilometer usw. In der 13. Klasse sind wir Böseren dann heimlich getrampt und waren viel eher als unser Klassenlehrer und die Braveren am Ziel.

Meine Klasse hält vom Laufen gar nichts. Die Ankündigung, dass am Wandertag gewandert wird, führt zu Proteststürmen – und bei älteren Schülern zu einem beachtlichen Krankenstand. Dabei fordere ich ihnen wirklich keine Gewaltmärsche ab. Aber bereits nach einem Kilometer im Schongang kommen die ersten Klagen: »Ist es noch weit bis Warschau?« – »Hier ist eine Bushaltestelle. Fahren wir jetzt zurück?« Die ersten Fußkranken wollen sich von der nächsten Klassenfahrt ins Mittelgebirge abmelden, weil sie Übles ahnen.

Alle zwei Kilometer brauchen wir eine Erholungspause. Meine Drohung, den nächsten See auch noch zu umrunden, ruft Fassungslosigkeit, Bestürzung und Verzweiflung hervor. Dabei strahlt die Sonne, die Vögel zwitschern. Heute wären normalerweise sieben Stunden Unterricht. Da könnte man doch eigentlich dankbar sein, dass man in die Natur kommt. Ein einziger Junge bleibt stehen und zeigt mir einen Grünspecht. Den anderen gehen Mandarinenten, Reiher und Stieglitze sonst wo vorbei. »Kann man die essen?«, ist die einzige Frage, als ich auf zwei balzende Haubentaucher zeige. Mehreren Jungen knöpfe ich den Walkman aus dem Ohr und wundere mich, dass er noch nicht festgewachsen ist. »Unterhaltet euch gefälligst miteinander. Musik hören könnt ihr auch zu Hause! Ich ziehe doch keine Autisten heran!« Grummelnd packen sie ihre Gerätschaften ein und denken sich ihren Teil.

Wie immer wundere ich mich über die Ausrüstung meiner Klasse. Wenn der Wetterbericht Regen verspricht, nimmt außer mir keiner einen Schirm mit. Bei Platzregen steigt die Zuneigung meiner Schüler sprunghaft an: Sie kuscheln sich an mich und hängen zärtlich an meinem Arm. Dabei wollen sie nur unter meinen Regenschirm. Zweckmäßigerweise erscheinen viele Mädchen zum Wandern in Absatzschuhen, mit denen sie maulend über Wurzeln und Steine stolpern. Im Winter bin ich die einzige mit Handschuhen. Vorwurfsvoll zeigen mir die lieben Kleinen ihre abgestorbenen Finger, damit der Ausflug endlich ein Ende findet. Gut ausgestattet sind meine Zöglinge hingegen immer mit Soft Drinks und »Delikatessen« aller Art. Dafür nehmen sie so große Rucksäcke mit, als würden wir eine Woche lang im Wald campen. Unermüdlich bieten sie mir aus ihren Vorräten Gummischnuller, geröstete Speckschwarten oder knallrote Erdbeerbonbons an. Ich schiele sehnsüchtig auf Hülyas Tasche. Ob ihre Mutter wieder diese leckeren Böreks gebacken hat?

Beim nächsten Wandertag überlasse ich scheinheilig den Schülern die Planung. Das ist Basisdemokratie. Ich weiß ohnehin schon vorher, dass sie sich auf nichts einigen können. Immerhin haben sie viele gute Ideen: »Frau Frydrych lädt alle zum Eisessen ein.« »Wir besuchen einen alten Luftschutzbunker mit Original-Fliegeralarm!« »Wir lassen uns im Gruselkabinett von verkleideten Monstern erschrecken!« »Wir gehen ins Kino: Auf dem Highway kocht die Hölle«. »Erst auf den Rummel und danach ins Spaßbad!«

Das Spaßbad lehne ich kategorisch ab. Da gab es mal ein Gerichtsverfahren gegen einen Exhibitionisten, der in der Sauna einer solchen Badeanstalt minderjährigen Mädchen seine Preziosen vorgeführt hat. Was verkündete der Richter am Schluss? Der Lehrer sei schuld. Wieso gehe er auch in so ein Spaßbad! Er hätte wissen müssen, was sich dort für Leute tummeln.

In der Klasse brechen heftige Streitereien aus. Die einen wollen auf gar keinen Fall schwimmen, die anderen nicht zum Bowling. Der einen Hälfte ist der Vergnügungspark zu teuer, der anderen das Tretbootfahren. Sie finden kein gemeinsames Ziel und schlagen drei getrennte Gruppen vor. Aber erstens gibt es keine drei Begleitlehrer, und zweitens soll am Wandertag nicht nur die Wadenmuskulatur, sondern auch die Klassengemeinschaft gestärkt werden. Gefährlich hoch ist der Anteil derer, die in den Luftschutzbunker wollen. Ich gebe zu bedenken, wie hoch der Eintritt ist, wie dreckig und dunkel es sein wird, dass es da stinkt und wie langweilig so eine Führung mit anschließender Diskussion ist. So ein Bunkerbesuch wäre doch eher eine tolle Sache für eine Geburtstagsparty. Die Eltern werden es mir danken. Ich selber möchte wirklich nicht durch einen Bunker kriechen.

Da es zu keiner gemeinsamen Lösung kommt, entscheidet die Lehrerin. Und das ist auch gut so: Sofort kehren Einigkeit und Geschlossenheit ein – wenn auch nur im lauten Widerspruch: »Iiih, schon wieder wandern?«

Ich werde mich hüten, es in der Klasse laut zu erwähnen, aber hier sage ich es: Im Grunde finden die Kinder es toll, durch den Wald zu laufen. Sie wollen nur zu ihrem Glück gezwungen werden.

**»Das macht Ihnen wohl Spaß, Kinder zu quälen!«**

## 18. Einfach ekelhaft!

### Nichts für zartfühlende Seelen

Berlin ist die Stadt der Hundehaufen. Das wissen alle in der Republik. Trotz Räumpflicht und Bußgelddrohungen liegen überall braune Tretminen verstreut. Und zwar nicht nur am Wegesrand, sondern auch mitten auf dem Bürgersteig, besonders, wenn die Schneeschmelze eintritt. Manchmal sieht man einen Hundehalter mit einem Plastikbeutel hinter seinem spreizbeinigen Fiffi stehen, aber das ist so selten, dass man diese Menschen fast belächelt, weil sie ihrer Bürgerpflicht so brav nachkommen. Was hat meine Mutter früher mit Tränen der Wut und des Ekels unsere Schuhe gesäubert. Eins von den vier Kindern hatte immer mal das Glück: »Pass auf!!! Schschsch……! Schon reingetreten!«

Aber wir haben in Berlin auch noch andere liebenswerte Bräuche. Wie sag ich's nur, ohne sensible Menschen allzu sehr in ihrem Feingefühl zu verletzen?

Man muss nicht nur um verschiedenfarbige Hundewürstchen herumbalancieren, sondern auch um jede Menge Spuckeansammlungen, welche U-Bahnhöfe und Treppen, Straßen und Plätze zieren. Auf vielen U-Bahnsteigen ist es praktisch unmöglich, eine Bank zu finden, vor der noch niemand ausgespuckt hat. Man muss panisch darauf bedacht sein, dass einem nichts runterfällt, was man gern noch behalten würde, sei es der Wirtschaftsteil der Zeitung oder der Hausschlüssel. Der Boden ist voll von diesen widerlichen kleinen Denkmälern, mit denen vor allem Jungmannen und Männer ihr vermeintliches Revier markieren.

Ich wüsste gern, warum. Ist das ein Chromosomen-Defekt? Eine unangenehme Testosteron-Nebenwirkung? Schmeckt männliche Spucke so unerträglich, dass man sich ihrer ständig entledigen muss? Oder sind Frauen, die ja eher selten an Bäume, Hauswände und auf U-Bahn-Gleise urinieren, einfach nur gehemmter? Gibt es über das Phänomen des männlichen Auswurfs eigentlich schon »Gender-Studies« oder andere wissenschaftliche Betrachtungen? Es wird doch sonst soviel Absurdes analysiert und evaluiert.

Diese eklige Angewohnheit hat längst in Schulen und Jugendheimen Einzug gehalten. Schnell haben manche Schüler begriffen, dass man Lehrer und vor allem Lehrerinnen fantastisch ärgern kann, wenn man auf dem Hof pausenlos vor sich hinspuckt. Auch wenn man empört fragt: »Soll ich das etwa runterschlucken?«, bestehen einzelne Lehrkräfte darauf, dass der Spucker seine Körperflüssigkeit vom Boden entfernt. Aus Rache wird seitdem auch ins Treppenhaus und auf Schulflure gespuckt. Was halten eigentlich die jeweiligen Erziehungsberechtigten von dieser Sitte? Steht daheim in jeder Ecke vielleicht ein Spucknapf?

Wir hatten früher so ein altes Buch von meinem Urgroßvater, in dem u.a. Bilder von Schildern in Gemischtwarenläden waren, dass das Spucken auf den Boden zu unterbleiben habe. Mein Großvater hätte manch delikaten Witz über Spucknäpfe erzählen können, aber meine Mutter hatte es ihm strengstens untersagt.

Das Spucken gehörte für mich in die Vergangenheit. Und da wäre es auch besser geblieben. Aber die Bundesliga lässt alte Traditionen wieder aufleben. Wenn stürmende Mannen auf dem Spielfeld im Lauf mal eben neben sich spucken, hat das scheinbar Vorbildfunktion für den männlichen Teil der Nation. Dieses Lässig-Elegante wird sofort nachgeahmt.

Angeblich gehört es auch in vielen fernen Landen zum Alltag, sich ungeniert und allerorts von seinen Sekreten zu befreien. Der Tourismusboom hat uns Mannigfaltiges nähergebracht. Nicht nur Sushi, Didgeridoos und Papaya. Ganz vorsichtig ausgedrückt, scheinen wir das gewohnheitsmäßige Ausspucken auch einer multikulturellen »Bereicherung« zu verdanken.

Im Deutschunterricht der Oberstufe wird dieses Unaussprechliche zum Thema. Ein Jüngling mit Migrationshintergrund erklärt seiner Lehrerin, einer feinsinnigen Literaturexpertin, den Grund für all die widerlichen Auswürfe im Gelände. Die stünden symbolisch für etwas ganz anderes: Man stelle damit quasi das Ausmaß seiner Männlichkeit unter Beweis. Muss ich deutlicher werden?

Die unappetitliche Erscheinung des Ausspuckens greift um sich. Wahrscheinlich tritt sie in Radolfzell, Molfsee und Bielefeld auch schon auf. Man hat vereinzelt sogar junge Frauen beobachtet, die Weitspucken üben. Es ist zu befürchten, dass diese Unart bald auch in Amtsstuben, Kneipen oder Kinos als akzeptables Verhalten gilt.

Vielleicht sollte man versuchen, dem Ganzen positive Aspekte abzugewinnen. Keine Ahnung, warum der Markt noch nicht reagiert hat. Neue Investitionsmöglichkeiten und Arbeitsplätze könnten entstehen. Ich denke da an die Produktion von Designer-Spucknäpfen, von modischen Gummistiefeln und von umweltfreundlichen Absorptionsmitteln. Die Hersteller von Papiertaschentüchern würden enorm profitieren, wenn sie sich in der Werbung endlich mal dieses Themas annähmen. Kräftig schnäuzende Menschen führen sie uns im Fernsehen doch schon vor.

Freuen Sie sich über neue Akzente im Alltag! Befreien Sie sich von verklemmtem Körpergefühl und falsch verstandener Ästhetik! Stellen Sie sich wieder auf Brücken und spucken Sie in Kähne. Mann wird's Ihnen danken.

## 19. Öffentliche Erziehung

Ich habe nichts gegen kleine Kinder. Wirklich nicht. Ich helfe ihnen sogar, wenn sie, allein gelassen, im Schwimmbad weinen oder im Flugzeug Angst haben. Ich mag nur nicht reflexartig freudig große Augen bekommen, wenn ich einen Kinderwagen sehe. Ich habe auch keine Lust, mich darüber zu beugen und »dudu, gagadeidei« zu stammeln. Da mich aber viele Mütter auffordernd ansehen, wenn sie mit ihrem Säugling vorbeidefilieren, ringe ich mir wenigstens ein Lächeln ab. Aus Feigheit. Ich könnte ja sonst als Kinderfeind gelten.

Ein Schlüsselerlebnis hatte ich vor vielen Jahren in einem tschechischen Dorf. Meine ganze Sippe väterlicherseits hatte sich versammelt, um den Fund von Riesensteinpilzen zu feiern, sie zuzubereiten und zu essen. Das gestaltete sich folgendermaßen: Sämtliche Männer der Familie saßen im Wohnzimmer und tranken Schnaps. Sämtliche Frauen der Familie standen in der Küche, schnitten die Steinpilze in Scheiben, panierten sie einzeln und brieten sie in viel Fett. Ich warf einen kurzen Blick auf das Geschehen und wusste sofort, wo mein Platz war. Beim Schnaps. Daraufhin kam eine junge Frau mit einem blauen Säuglingspaket ins Männerzimmer. Sie hielt es ein wenig in meine Richtung. Ich nickte anerkennend. Tschechisch konnte ich nicht. Aber ich wusste auch damals schon, dass die Produktion eines Sohnes eine enorme Leistung ist und Respekt verdient. Das Bündel quietschte und roch ein wenig. Aus dem Mund blubberten einige Milchbläschen. Irgendwann gingen Mutter und Säugling in die Küche zurück.

Erst später wurde mir klar, was die Reaktion einer »normalen Frau« gewesen wäre. Ich hätte das Kind an mich reißen und

Entzückungsschreie ausstoßen müssen. Außerdem war das Baby auch noch verwandt mit mir: ein Stiefcousin. Da hätte ich wirklich ein bisschen mehr Freude zeigen können. Nun ist aus dem Baby ein junger Mann geworden, der fließend Deutsch spricht. Mit dem unterhalte ich mich gern.

Nein, ich habe nichts gegen kleine Kinder. Eigentlich gehen mir nur ihre Eltern auf den Keks, besonders die, die dem Prinzip der »öffentlichen Erziehung« folgen. Sie möchten, dass ihr Vermehrungsdrang gebührend gefeiert wird. So wie ein Huhn, das ein Ei gelegt hat. Menschen haben seit Adam und Eva Kinder bekommen, ohne dass man deswegen vor Ehrfurcht in die Knie sinken musste. Heute ist das anders, weil es einfach zu wenig Rentenzahler gibt. Jeder, der sich vermehrt, tut das aus rein altruistischen Motiven, und man muss ihm dankbar sein. Das steht zumindest in den Augen der Eltern: »Hier, sieh her, ich habe der Gesellschaft ein Kind geschenkt. Auch dir, meine Liebe. Es zahlt später deine Rente.«

In einem Hotel setze ich mich arglos an einen freien Frühstückstisch. Der Blick auf den See im frühen Morgenlicht ist wunderschön. Vielleicht hätte ich vorher nachsehen sollen, vor wen ich mich setze. Während des Frühstücks erfahre ich aus dem Background viele Details, in voller Lautstärke vorgetragen. Wie verklemmt war dagegen meine Mutter früher, die in der Öffentlichkeit nur leise gesprochen hat. Dabei hatte sie als Lehrerin eine tragende Stimme. Auch wir Kinder durften nicht kreischen oder plärren. Wie oft hat mein Vater gesagt: »Nicht so laut!«, wenn ich freudig gelacht oder gesungen habe. Das alles durfte man nur dezent und sehr gebremst tun.

Deshalb sehe ich es voller Neid, mit welcher Ungeniertheit manche Menschen sich in der Öffentlichkeit selbst verwirklichen. Im Falle dieser Frühstücksfamilie sind es vor allem die jungen Eltern, die das tun. Die Volkslieder, die der Zweijährige den versammelten Hotelgästen unaufgefordert zum Vortrag bringt, sind recht kurzweilig. Leider ist nicht klar, was er da singt. Ich glaube »Ach, du lieber Augustin« herauszuhören. Jetzt greifen die Eltern ein und singen vor, was ihr Sohn gemeint hat. »Komm, lieber Mai, und mache« und »Hoch auf dem gelben Wagen«. Ich bin verdutzt. Wo bringen Eltern ihren Kindern noch deutsche Volkslieder bei? Meine Freundin, die Ärztin, hält immer wissenschaftliche Vorträge darüber, dass alte Reime und Volksweisen etwas Förderliches im kindlichen Hirn auslösen. Die jungen Eltern im Hotel müssen diese Vorträge kennen und jede Menge Erziehungszeitschriften gelesen haben. Ihr Verhalten ist rundum vorbildlich. An ihrem Tisch wird ganz viel verbalisiert. Jede eigene Handlung und die kleinste Aktion des Kindes werden pausenlos erklärt und kommentiert. Dadurch erweitert sich der Wortschatz des Sprösslings wahrscheinlich immens. Das frühkindliche Gehirn saugt alles auf wie ein Schwamm. Ich auch, denn ich sitze, wie gesagt, gleich daneben. Und kann gar nicht weghören. So erfahre ich, dass die Kinder schon um halb sechs zugange waren. Das sagt der Vater zwar zu seinem Säugling, aber hören sollen es die anderen Gäste.

»Das könnt ihr ruhig wissen, was wir für euch erdulden, und trotzdem sind wir guter Dinge. Ihr habt wahrscheinlich bis jetzt im Bett gelegen. In eurem Zimmer hat niemand gegluckst, geheult und in die Windeln gekackt.«

Ich beuge mich über mein Brötchen. Ein Ei mag ich heute nicht essen. Das haben die am Kindertisch für mich getan. Drei Stück. Jeder Bissen öffentlich zelebriert: »So, Jonas, das Ei teilen wir uns. Ist ja schon das zweite. – Magst du noch einen Bissen? Hier kommt er! Mund auf. – Hmmm. – Und jetzt einen Löffel für den Papi. Das schmeckt gut! – Was, du willst noch ein Ei? Na ja, warum soll ein Zweijähriger im Urlaub nicht mal drei Eier essen dürfen. – Nun ist aber Schluss. Das ist genug Cholesterin für heute!«

Aus Freude über die vielen Eier singt das Kind ein weiteres Lied und behauptet, es befinde sich in einem Motel. Die Mutter versucht – zum dritten Mal – zu korrigieren: »Nein, wir sind im **Hotel.** Kannst du das sagen? Hotel. Hotel. Hotel. – Ja, fein, ja toll, mein Süßer«, zwitschert sie. Dabei hat Jonas grad wieder Motel gesagt. Ich habe es genau gehört.

Nach dem Frühstück gehe ich zur einsamen Badestelle. Wie ruhig und idyllisch es hier ist. Wäre da nicht die geballte Ladung Familie, die in Richtung Wasser marschiert. Die Kinder sind ruhig und friedlich, aber die Eltern…. Der Vater stellt sich nach längeren Tiraden über Spielplatz, Liegewiese, Wetter, drei Frühstückseier und Mittagsschlaf direkt hinter mich und erklärt: »Sieh mal, Jonas, die Frau hat ein Fernrohr. – (Zum Einprägen und Nachsprechen:) Feeernrooohr! – Damit kann sie das andere Ufer sehen.«

Was soll ich tun? Ich würde den Vater gern ignorieren oder vernichtend ansehen. Er stört er mich bei meinen ornithologischen Feldforschungen. Ich suche einen Eisvogel. Da ich ein höflicher und feiger Mensch bin, drehe ich mich zu Vater und Sohn um. Das Kind starrt mich sprachlos an. Ich versuche ein freundliches Lächeln und reiche Jonas das Fernrohr. Der Vater ist begeistert, der Kleine schüttelt ängstlich den Kopf. Er will nichts von mir. Wahrscheinlich spürt er, was ich denke.

»Das ist aber nett! Jonas, willst du nicht durch das Fernrohr gucken? Nein? Hast du Angst? – Ja, Jonas, jetzt geht die Frau ins Wasser. Nun schwimmt sie. – Wie weit sie schon ist. – Wollen wir auch unsere Badehosen holen?« Als ich nach einer Stunde zurückschwimme, ist die Familie nicht mehr da. Ohne Publikum ist öffentliche Kindererziehung nicht sehr reizvoll.

Auf dem Parkplatz sehe ich sie wieder. Sie belästigen gerade einen Hundehalter.

»Jonas, schau mal, der Onkel hat einen Hund. – Wie groß der ist. – Willst du den mal streicheln? – Ach, das darf man nicht? Sie wollen nicht, dass fremde Leute Ihren Hund anfassen? – Jaja, ist gut. – Komm, Jonas, der Onkel mag keine Kinder!«

## 20. Ein Herz für Meisen

In Masuren erstanden wir vor drei Jahren einen Nistkasten aus echtem Birkenholz mit heruntergezogenem Sonnendach, komfortabler Doppelschwing-Sitzstange und Schmuckschnitzerei. Alles Handarbeit! Als das Teil auf unserem Balkon hängt, fliegen es interessierte Meisen aller Arten ständig an, hüpfen rein und raus, hämmern drin herum und krakeelen vor Freude über ihre Entdeckung. Nur wohnen wollen sie nicht darin. Manchmal sitzt ein Eichelhäher auf dem Nistkasten und versucht über das Sonnendach zu äugen, ob sich was zum Fressen findet.

Der Frühling vergeht, auf unserem Balkon ziepen keine jungen Meisen. Bei den Nachbarn sind Schwalben eingezogen, über uns wohnt eine Amsel in den Geranien, und der Mann unter uns behauptet, er hätte Enten auf dem Balkon. Ein weiser Ornithologe in Gestalt unseres Hausmeisters erklärt mir im Herbst, dass das Einstiegsloch zu groß sei. Wenn Meisen Angst haben müssen, dass ihnen Spechte, Krähen oder Störche ins Nest folgen könnten, ziehen sie nicht ein. Wir hängen den masurischen Nistkasten in einen Brandenburger Wald. Vielleicht gefällt er einem Uhu.

Diesen Frühling will ich nun endlich piepsenden Nachwuchs auf dem Balkon haben. Aber Nistkästen sind Defizitposten. Im Baumarkt ausverkauft, in Gärtnereien nicht vorhanden, in Tierhandlungen schon gar nicht. Eine Fachverkaufsfrau will mir einen Papageienbrutkasten andrehen: »Der wird von Kohlmeisen sehr gern angenommen.« Irgendwie kann ich ihr das nicht ganz glauben. Auch die Hamsterhöhle mit Rennrad will ich nicht ausprobieren.

Meine Schwester behauptet, dass IKEA Nistkästen im Sortiment habe. All die vergeblichen Einkaufstouren leid, rufe ich erst mal dort an. Es dauert, ehe ich mich zum Kundendienst vorgearbeitet habe. »Haben Sie eine Reklamation, drücken Sie die Eins. Wollen Sie eine Kücheneinrichtung über 20.000,- € kaufen, drücken Sie die zwei. Haben Sie Langeweile, drücken Sie die Neun. Dort läuft unser IKEA-Sommersong.«

Die Frau vom Kundendienst meint etwas süffisant: »Wir sind ein Einrichtungshaus. Wir verkaufen Möbel für Menschen.« Sie ist verblüfft, als sie im Katalog »Torben-Björn« findet, das kleine Eigenheim für unsere gefiederten Freunde. Leider ist Torben-Björn nicht am Lager. Vielleicht im September? Aber dann brüten Meisen in der Regel nicht mehr.

Auf einem Ausflug sehen wir auf einem Campingplatz jede Menge traditionelle Nistkästen. Sie sind beschriftet mit Arbeitsamt, Sozialamt, Rathaus, Kindergarten. Wir haben leider keine Leiter dabei.

Als der Frühling schon fast vorbei ist und sämtliche Vögel in der Umgebung sich erfolgreich gepaart haben, finde ich in einer Kaffeefiliale zwischen Tangas, Barometern und Spargelschälern einen Nistkasten. Er ist aus Spannbeton, wiegt ungefähr zehn Kilo, trägt ein Gütesiegel vom Naturschutzbund und kann für Reinigungszwecke aufgeklappt werden (aber erst, wenn die Fledermaus-Nachzügler ausgeflogen sind!). Er kostet ziemlich viel, aber egal, das Einflugsloch ist winzig. Genau das Passende für Blaumeisen. Aber erst einmal hängt mein Daumen darin fest. Im Taxi transportiere ich meine schwere Beute heim.

Am nächsten Tag kommt mein Sozialpartner von einer Reise durch die Provinz zurück und präsentiert mir stolz seine

Mitbringsel. Mehrere Tage lang ist er durch Kaufhöfe und Resterampen gelaufen und hat tatsächlich zwei Nistkästen erstanden. Einen naturverbundenen aus Holz und einen aus Plaste, garantiert atmungsaktiv. Ich freue mich höflich. Wir dübeln unsere drei Nistkästen an die Balkonwände. In bewohnerfreundlichem Abstand. Wer will schon den Nachbarn direkt neben sich haben. Am selben Abend ruft eine Bekannte an, die sich unser Problem zu Herzen genommen und bei ihrer Naturschutzdependance einen Nistkasten gekauft hat. Einen aus Spannbeton, güteversiegelt und sauteuer. Sie habe ihn kaum nach Hause schleppen können.

Ich bringe es auch nicht übers Herz, meinen Neffen abzuweisen, der mit einem deutlich abgewohnten Nistkasten ankommt. Den hat er seinen Nachbarn im Schrebergarten abgebettelt. Generationen von Singvögeln haben deutliche Spuren hinterlassen. Das Nest vom Vorjahr ist auch noch drin, mit einem winzigen Gerippe. Ich entsorge das Teil diskret im Hausmüll.

Wenig später erscheint ein Kollege hochzufrieden mit mehreren Nistkastenmodellen, die seine Schüler im Fach Arbeitslehre gebastelt haben: mit Spitzdach, damit die Katzen abrutschen, mit angehängter Vogeltränke, vertikalem Futterschlitz und integrierter Mardersperre. Alle mit Original-Blaumeisen-Maßen: 32 mm Durchschlupfhöhe. Wie können wir dem netten Kollegen eröffnen, dass wir bereits fünf Nistkästen haben? Wir kaufen ihm seine ab – »Alles für die nächste Klassenfahrt!« – und hängen sie auf den Balkon. Es wird jetzt etwas eng dort. Wir stellen die Gartenmöbel in den Keller zurück und schenken die Hängepflanzen dem Hausmeister. Unsere Nachbarn mustern uns besorgt. Auf ihren Balkons wachsen die interessantesten Pflanzen, auf unserem hängen die merkwürdigsten Kisten und

Kasteln. Hin und wieder kommen Meisen mit ihren Jungen vorbei und lachen sich scheckig über unsere Nistkastensammlung. Genistet hat bei uns keine einzige. Nur zwei Tauben haben in einer Balkonecke Halme, Stroh und Mist angehäuft. Aber fliegende Ratten mag ich nicht.

**Lästig, diese Gaffer, die einen bei Aufzucht und Brutpflege beobachten und fotografieren!**

## 21. Summer in the City

### Wenn gute Laune Pflicht ist

Der Morgen erwacht. Draußen kreischen halbstarke Mauersegler und kreisen um die Hausdächer. Der nächtliche Durchzug hat die Raumtemperatur auf erfrischende 25 Grad gesenkt. Dem Moderator der Frühstückssendung kippt die Stimme vor Begeisterung: Wieder sind 32 Grad und mehr zu erwarten. Seit Wochen schon meint es der Sommer gut mit uns. Und alle müssen wir fröhlich sein und gute Laune verbreiten.

Auf dem Weg zur Arbeit geht es noch. Um sechs Uhr früh ist die Luft lau und klar, im Auto lässt sich das Lenkrad noch ohne Handschuhe anfassen. Die Frau in der Bäckerei, die ein paar ofenfrische Brötchen einpackt, tut mir leid. Mit dem heißen Backofen im Rücken kämpft sie gegen Wespen und Schweißperlen an. Die Brötchen leiden auch unter dem Wetter. Binnen kürzester Zeit sind sie schlaff und weich. Eine ältere Kundin erzählt sehnsuchtsvoll von früher, von Gewitter, Regen und 15 Grad.

Gegen 10 Uhr knallt die Sonne auf den Büroschreibtisch. Die Laune beginnt zu sinken. Der Computer gibt beängstigende Geräusche von sich, der Bildschirm flimmert. Der Chef hat immer noch keine neuen Jalousien bestellt. Die Kollegin gegenüber wedelt sich mit einem Aktendeckel Luft zu und entledigt sich der engen Pumps. Sie streckt die angeschwollenen Füßchen in den Gang und beobachtet das Thermometer. Die 35 Grad sind hier drin längst überschritten. Der Bürofarn welkt. Es findet sich niemand, der eine Gießkanne mit Wasser füllt und ihn rettet. Bei der Hitze ist jede Bewegung anstrengend. Ich lasse das Telefon klingeln. Der Hörer ist viel zu schwer.

Der Chef ist gereizt, gerötet und ungerecht. Er trägt ein kleines Handtuch am Gürtel, mit dem er die feuchte Stirn abtupfen kann. Die Besucher haben klebrige Hände und nasse Flecken unter den Armen. Unser Bürobote hat gestern eine Plastikflasche mit Wasser ins Tiefkühlfach gelegt. Den Eisbolzen presst er sich in den Nacken und unter das T-Shirt.

Immer noch überschlägt sich der Rundfunkmoderator vor Euphorie über diesen wunderbaren Tag. Er hat mit Sicherheit eine Klima-Anlage im Studio und trägt einen Seidenschal, um sich nicht zu erkälten. Ein Sommerhit jagt den anderen: Alle handeln vom blauen Meer, von verlockenden Juanitas, Palomas und Unzucht unter Palmen. Bei diesem Wetter darf man nicht einfach nur auf dem Sofa sitzen und fernsehen. Man muss raus. Outdoor etwas erleben, Sexualpartner jagen, Sport treiben, Unruhe verbreiten, Strandbäder übervölkern und sich auf Freiluft-Festivals rumdrücken.

In der Kantine müffelt es. Die Kollegen verströmen die unterschiedlichsten Deodorants mit der Testnote »Ungenügend«. Alles Lüge, dass die Sprays, Roller und Pasten selbst im Härtefall 24 Stunden oder gar eine Woche lang halten. Auch unmäßig versprühtes Eau de parfum riecht nicht lieblich, wenn es mit Schweiß verdünnt wird. Im engen Fahrstuhl klebt man an den nackten Armen und Beinen der anderen fest. Je unansehnlicher die Beine, desto größer der Drang, sie bei 30 Grad zu entblößen. Egal, ob madenweiß oder mit Selbstbräuner streifig eingefärbt.

Auf der Heimfahrt steigt die Stimmung. Die 80 Grad im Auto sinken langsam auf milde 50 Grad. Der Einbau einer Klima-Anlage hätte 1500 Euro gekostet. Nun bedaure ich, dass ich im Frühjahr so geizig gewesen bin. Wie ein Fön auf Höchststufe weht der Sommerwind ins Auto. Noch mehr Kamikaze-Fahrer als sonst kacheln bei Hochrot über die Kreuzungen, wechseln spontan die Spur oder wenden an den unmöglichsten Stellen. Andere starren paralysiert die grüne Ampel an und bewegen sich nicht vom Fleck. Sofort ertönt ein lautes Hupkonzert, und vor Schreck würgen die Träumer den Motor ab. Man fährt mit offenen Fenstern und erfreut seine Mitmenschen mit einem wummernden Medley aus Hip-Hop, Funk und Country. Verschwitzten Busfahrern wird von der Oberaufsicht Zitronentee gereicht. – Irrtum, das war einmal. In Zeiten leerer Kassen sollen die Busfahrer ruhig leiden. Andere Menschen müssen schließlich auch bei dem Wetter arbeiten.

Die gute Großstadtluft wird durch steigende Ozonwerte angereichert. Glücklicherweise senken die grünen Außenbezirke die Durchschnittswerte, denn sonst müsste der Bürgermeister das Autofahren verbieten. Da er das nicht tut, feiert der urbane Lifestyle jetzt seinen echten Triumph. Der Verkehr schiebt sich zähflüssig wie heißer Teer durch die Straßen. Für den engagierten Autofahrer ein wahres Vergnügen. Kolonnenfahren auf der Stadtautobahn bei sengender Sonne.

Die apathisch watschelnden Dackel müssen bei diesem Wetter nur ganz kurz auf die Straße, um sich zu lösen. Der Rundfunk treibt die Bürger immer wieder an, die Straßenbäume zu gießen und das Erdreich drum herum zu lockern. Aber das ignorieren die lieben Mitbürger. Statt schwere Wassereimer zu schleppen, stehen sie vor Eisdielen Schlange und drängeln sich durch volle Biergärten. Überall laufen Rasensprenger in der Mittagshitze und versuchen vergeblich, aus Steppenboden wieder grünen Rasen zu zaubern. Im Hof stehen drei Planschbecken, um dessen blass-gelblichen Inhalt sich das Umweltamt längst hätte kümmern müssen. In dem »Wasser« quietschen ein paar künftige Rentenzahler vergnügt und schrill.

Touristen hüpfen durch den zentralen Springbrunnen und erschrecken die Goldfische. Die vergnügungssüchtige Großstadtpopulation hinterlässt in den Badeseen Sonnenölschlieren und Keime aller Art. Auf den Liegewiesen brät man dichtgedrängt. Zwischen all den Matten und Handtüchern ist kaum Platz zum Treten. Die menschliche Nähe lässt einen an unterhaltsamen Gesprächen und Erziehungsversuchen teilhaben.

»Ich lasse mein Bett jetzt auspendeln. Wahrscheinlich liege ich auf einer Wasserader und schlafe deshalb so schlecht.« – »Vielleicht hast du aber auch so' ne Aussetzer beim Schnarchen. Du musst unbedingt mal in ein Schlaflabor!«

»Nein, Jakob, lass das Handtuch liegen. Das wird schmutzig, wenn du es durch den Dreck ziehst. – Au!!! Hörst du auf zu beißen! Das tut dem Vati doch weh! – Soll er dich auch mal beißen?« »Johannes, lass sofort den Jungen los! Du spinnst wohl!«

Das Wasser des Sees ist warm und trüb. Ein wenig erfrischt die Verdunstungskälte des nassen Badeanzugs. Zumindest solange, bis man sich wieder ins Auto setzt. Parkplätze im Schatten gab es nicht mehr.

Am Abend erfreut der Moderator mit spannenden Meldungen über den Wasserverbrauch in der Stadt, die Anzahl der Freibadbesucher und Kreislaufkollapse. Morgen wird es noch wärmer, droht er. Gleich geht er hinaus in die schwüle Nacht und amüsiert sich. Schlafen kann man ohnehin nicht, weil die Wohnung nicht abkühlt und weil der Frohsinn durch die Stadt tobt. Frisierte Motoren, mitternächtliche Gesänge, animierendes Gegröle. Hormongetriebene unterwegs. Grillgerüche wehen aus den Gärten und von den Balkons. Aus dem Wasserhahn im dritten Stock kommt nur noch ein dünnes Rinnsal. Der Druck der Altbau-Steigeleitung reicht nicht mehr aus.

Die Hoffnung, in einem klimatisierten Kino Abkühlung zu finden, wird enttäuscht. Der Filmpalast ist mollig warm.

Im Fertighaus gegenüber haben sie sich einen Swimmingpool gegönnt. Dort ist jetzt Hochsaison. Die teure Investition muss schließlich abgefeiert werden. Daher wird der Pool jede Nacht lautstark genutzt, bis ein missgünstiger Nachbar sich beim Ordnungsamt beschwert. Nachts um drei mag er keine brünstig kreischenden Frauen mehr.

Als es ruhiger wird, summen im Schlafzimmer zwei Mücken. Da helfen nur Ohropax und eine Abwehrlotion, deren übler Geruch nicht nur die Mücken, sondern auch den frisch erlegten Sexualpartner vertreibt. Um halb vier ist endlich Ruhe.

Dreißig Minuten später singen sich die ersten Vögel wieder die Seele aus dem Leib. Keine Ahnung, wer ihnen zu dieser unwirtlichen Zeit das Revier streitig machen will. Und spätestens um sechs, wenn es im Bett zu warm wird, beginnt das ganze Theater von Neuem: »Hallo, liebe Hörer, hier ist wieder euer Olli mit seinem fröhlichen Guten-Morgen-Team von Radio 93.8. Ein toller Tag mit einem Hitzerekord liegt vor uns. Der Wetterbericht wird Ihnen präsentiert von Gerstenröder Malzbier und unserer Yvonne.«

In einigen Monaten ist wieder November. Da gibt es keine Mücken mehr, und man kann endlich ruhigen Gewissens daheimbleiben und fernsehen.

## 22. Richtig so!

Liebe Familie Kaschube,

wer sagt, dass das Leben sich ändern muss, nur weil man Kinder hat? Sie machen das ganz richtig. Sie pflegen weiterhin Ihre liebenswerten Hobbys und Gewohnheiten, und Ihr Sohn Paul hat die Chance, früh erwachsen zu werden.

Wie viele bedauernswerte Kinder werden von ihren Eltern betuttelt und noch mit 10 Jahren zur Schule gefahren! Mutti kontrolliert die Hefter, fragt nach den Hausaufgaben und lässt sich die Klassenarbeiten vorlegen. Morgens steht sie vor ihrem Prinzen auf, damit sie ihn rechtzeitig wecken kann, und arrangiert für die Schulpausen dreistöckige Sandwichs. Wenn Söhnchen schlechte Laune hat, wird er wie ein Kleinkind in den Arm genommen. Abends setzen sich die Eltern mit ihrer Brut zusammen und diskutieren die Ereignisse des Tages. Was sollen sie auch sonst tun, wo sie doch keinen Fernseher haben. Vielleicht lesen sie ihren Kindern eine Geschichte vor – oder noch viel lächerlicher: Sie denken sich selber eine aus. Am Wochenende haben sie nichts Besseres zu tun, als mit ihren Blagen in die Natur zu fahren. Wenn es regnet, besuchen sie Museen und erklären wichtigtuerisch die Exponate. Vati spielt Leitbild, bolzt und bastelt mit dem Sohn. Mutti fährt die Prinzessin zum Reitunterricht. Was kommt dabei heraus? Unselbstständige, verwöhnte Gören. Weinerlich und anspruchsvoll.

Dagegen, liebe Familie Kaschube, strahlt Ihr Sohn Paul eine erfrischende Coolness aus. Er ist seit frühester Kindheit daran gewöhnt, alles selber zu machen. Morgens holt ihn ein Wecker aus dem Bett. Eventuell. Denn Sie müssen ausschlafen. Nach anstrengenden Abenden in »Kalles Tanke« oder im Cowboy-Club verzichten Sie nicht auf den verdienten Erholungsschlaf, nur weil Paul in die Schule muss. Was haben Sie damit zu tun? Ihre Schulzeit ist vorbei! Paul findet im Kühlschrank oft nur Hundefutter und Doppelkorn? Na und? Warum hat er am Vortag nicht eingekauft? Schließlich geben Sie ihm montags immer genug Geld für die ganze Woche. Wenn er sich davon Zigaretten kauft – selber schuld! Erstens weiß er, dass er mit 12 Jahren noch nicht rauchen darf, und zweitens muss er lernen, sein Geld einzuteilen. Wenn in der Mitte der Woche nichts mehr da ist – Pech gehabt.

Paul kommt häufig zu spät zur Schule und hat deswegen Ärger mit seinen Lehrern? Da muss er durch. Jeder Mensch trägt selber die Konsequenzen seines Handeln! Wenn die Lehrer gar zu sehr meckern und Sie grad mal gut drauf sind, schreiben Sie Paul eine Entschuldigung für die vielen Verspätungen und Fehltage. Denn Paul geht nicht gern zur Schule. Er hat einen ausgeprägten Abenteuer- und Forscherdrang. Viel lieber läuft er auf Bahnhöfen und in Einkaufszentren rum. Darüber können Sie nur grienen. Sie sind auch nicht sonderlich gern in die Schule gegangen.

Nur leider lassen die Lehrer nicht locker und schicken Ihnen alberne Briefe. Bestellen Sie einfach zu Terminen in die Schule. Drohen mit Schulversäumnisanzeigen, Bußgeldern und Polizeibegleitung, nur weil Paul den Weg in die Schule nicht findet. Was haben Sie damit zu tun? Sie haben Paul schließlich gesagt, wann er morgens aufstehen und losgehen muss. Sie haben ihm auch erklärt, was passiert, wenn er keinen Schulabschluss bekommt. Was sollen Sie denn noch alles machen? Sie sorgen für Essen und Kleidung, und den Rest soll gefälligst die Schule erledigen. Das haben Sie der penetranten Klassenlehrerin auch klipp und klar am Telefon gesagt. Sie haben genug anderes zu tun. Die Lehrerin war sprachlos und hat nach Worten gerungen. Wollte Sie wieder zu einem Gespräch in die Schule locken, um mit Ihnen über Ihren Erziehungsauftrag zu schwatzen. Da haben Sie einfach aufgelegt.

Einmal hat die Frau einen Hausbesuch bei Ihnen angekündigt. Schön blöd von ihr. Da sind Sie natürlich eine Stunde früher als üblich in »Kalles Tanke« gegangen, und die Lehrerin hat umsonst vor der Tür gestanden. Ein anderes Mal ist sie unangemeldet aufgekreuzt. Sie hatte irgendeinen Mann dabei, den Sie nicht kannten. Aber fremden Männern machen Sie die Tür nicht auf. Man liest doch ständig, wie viele Betrüger und Trickdiebe unterwegs sind. Während die Lehrerin Sie ablenkt, räumt der Mann vielleicht Ihre DVD-Sammlung aus!

»Was wollte die denn?«, knurren Sie Ihren Sohn an. Der täuscht erst mal vor, keine Ahnung zu haben. Aber Gedächtnis und Sprachvermögen lassen sich durch eine kräftige Schelle lockern. »Ach, die wundert sich bloß, dass ich ganz allein in der Wohnung bin, wenn ihr im Sommer in den Garten zieht. Sie hat irgendwas von Aufsichtspflicht und Jugendamt gefaselt«, sagt Paul. Dafür bekommt er gleich noch eine Schelle. Wieso erzählt er Ihre Privatsachen in der Schule? Wen geht das etwas an, wo Sie die lauen Sommernächte verbringen? Paul soll in der Schule gefälligst sagen, dass alles bestens ist. Seine Eltern kämen abends immer vorbei und würden sich um alles kümmern. Sie kochen ihm was Leckeres und sehen die Hausaufgaben nach. Natürlich waschen sie auch seine Sachen. Es ist völliger Unsinn, dass Paul immer mit demselben dreckigen T-Shirt rumlaufen muss. Außerdem kann er ja wohl eine Waschmaschine bedienen. Die Gebrauchsanweisung liegt oben drauf. Oder hat ihm die Schule nicht ordentlich lesen beigebracht?

Eines Abends erwischt die Lehrerin Sie leider doch. Sie erwarten einen Kumpel und öffnen ganz unbefangen. Da drängt sich diese Frau in den Wohnungsflur, ehe Sie die Tür wieder zuknallen können. Sie sucht alle Eltern heim, die ihren Kindern die Teilnahme an der Klassenfahrt nicht erlauben. Sie hält Ihnen Vorträge, wie wichtig solche Unternehmungen seien – für die persönliche Entwicklung und für das soziale Klima in der Klasse. Und gerade für Paul, der oft so unbeherrscht und aggressiv sei. Wie bitte? Sie sind empört. So kennen Sie Ihren Sohn gar nicht! Daheim ist er immer ruhig und friedlich. Da müssen ihn in der Schule andere ärgern und provozieren. Ob sich die Lehrerin nicht mal darum kümmern wolle? Die Frau schnappt nach Luft, ehe sie fortfahren kann: Paul habe nie Hausaufgaben dabei und sehe eindeutig zu viel fern. Das könne gar nicht sein, erklären Sie. Sie würden ihn jeden Abend nach den Schulaufgaben fragen. Er hätte nie welche auf. Und fernsehen dürfe Paul höchstens am Wochenende. Woher er alle Serien und Talkshows kennt, sei Ihnen schleierhaft.

Um die Lehrerin loszuwerden, erlauben Sie schließlich Ihrem Sohn die Teilnahme an der Klassenfahrt. Sie versprechen, dafür zu sorgen, dass Paul mehr Obst und Gemüse isst. Als die Fahrt ein paar Wochen später losgehen soll, ist Paul leider, leider krank und kann nicht mit. Das Geld brauchen Sie schließlich für wichtigere Dinge. Ihre Multi-Media-Anlage ist vom Feinsten, und die Silvesterknaller werden auch jedes Jahr teurer. Außerdem halten Sie sich nicht irgendwelche Promenadenmischungen, sondern Hunde mit Stammbaum. Die brauchen was Ordentliches zu fressen, keine Abfälle. Die Lehrerin hat Ihre süßen Mastinos die ganze Zeit misstrauisch beobachtet, während sie über Pauls negative Entwicklung sprach. Sie hören eine Weile zu und denken sich Ihren Teil. Der Junge lässt sich eben nicht alles gefallen. Manchmal schlägt er gleich zu, wenn ihm einer blöd kommt. Was ist falsch daran? Paul kann sich wehren, der ist kein Opfer. Auf die ganzen Vorwürfe hin sehen Sie der Frau fest in die Augen und fragen: »Haben Sie eigentlich Kinder?« Sie windet sich: »Das tut hier gar nichts zur Sache!« Es gehe um Paul und nicht um ihre persönliche Situation. Woher soll die auch Kinder haben, so, wie sie aussieht? Endlich geht sie. Hat Ihnen noch einen Dreistufenplan zur Erziehung in die Hand gedrückt: »Starke Eltern, starke Kinder«. Keine Ahnung, was das soll. Sie haben schließlich keine Probleme mit Paul. Bei Ihnen spurt der Junge. »Hol mal Bier, Paul. Aber dalli!«

* * *

Anmerkung: Einige gute Freunde waren beim Lesen dieses Textes schmerzlich betroffen. Man darf zwar den Schulleiter verspotten, die Kollegen auf den Arm nehmen, den arroganten Erziehungswissenschaftler angreifen – aber die armen Eltern aus der Unterschicht? Die können doch nichts dafür. »Es gibt kein richtiges Leben im falschen!« Ja, die Eltern aus der Mittelschicht, die könne ich ruhig fertigmachen. Aber die Opfer von Kapitalismus und Globalisierung? Die tun doch nur, was die Gesellschaft von ihnen erwartet: fernsehen und konsumieren. Woher sollen die denn wissen, dass man sich um seine Kinder kümmern muss?

## 23. Lehrer kann jeder

Ich liebe Thriller. Heute kommt im Fernsehen »Blutbad in der Waldklinik«. Nichts für schwache Nerven, wie ich der Programmzeitschrift entnehme. Der Film läuft zur besten Sendezeit. Ganz sicher verfolgen ihn meine Schüler daheim auch mit großem Interesse. Da haben wir gleich ein Thema für den nächsten Morgenkreis. Gewalt in den Medien ist schließlich nichts Schlimmes, sondern entlastet und dient dem Aggressionsabbau. Zumindest sagen das kluge Psychologen, wenn Politiker sich über brutale Computerspiele und Filme aufregen und Angst vor Nachahmungstätern haben.

In der Waldklinik werden blonde Krankenschwestern perfide gemeuchelt. Den verstümmelten Leichen fehlt hinterher der Skalp. Die Fernseh-Kommissare stehen vor einem Rätsel. Der Chefarzt ist attraktiv und ungehalten, dass sein exklusiver Betrieb durch banale Ermittlungsarbeit gestört wird. Alle Angestellten und Patienten mauern. Da kommt dem Oberinspektor eine brillante Idee: Eine seiner blonden Mitarbeiterinnen wird im Krankenhaus als Assistenzärztin eingeschleust, um den Mörder auf frischer Tat zu ertappen. Im Schnellverfahren wird Daniela P. beigebracht, wie man ein Skalpell richtig herum hält und ein Silikonkissen einlegt. Da Daniela handwerklich geschickt ist und gut nähen kann, werden die paar Lid- und Gesäßstraffungen kaum ein Problem für sie sein. Sie muss nur üben, arrogant durch die Gänge zu stolzieren und die noch lebenden Krankenschwestern zu scheuchen. Natürlich bewältigt Daniela P. ihre Aufgabe mit Bravour. Der Chefarzt würde sie am liebsten vom Fleck weg engagieren. Aber sie muss weiter, der nächste Mörder wartet schon mit seinem Samuraischwert. Ach ja, der Täter in der Waldklinik war eine bedauernswerte

Stationshilfe, die sich beim unsachgemäßen Färben die Haare ruiniert hatte und nun einen mörderischen Drang verspürte, wenn sie blondgelockte Frauen sah.

So ein Quatsch. Das gibt es nicht mal im Fernsehen! Ärzte erwerben ihre Professionalität und Kompetenz in langwieriger und mühsamer Arbeit. Kein Laie kann mal eben so den Chirurgen mimen. Nicht mal bei RTL.

Anders sieht es dagegen beim Lehrerberuf aus. Da fällt keinem auf, dass ein Unkundiger durch die Klassen geistert. Ganz im Gegenteil. Bei all den schlechten PISA-Schulen ist jeder Außenstehende eine Bereicherung! Deshalb dürfen derzeit ja auch überall Interessenten quer in den Schuldienst einsteigen. Und Fernsehkommissare sich als Lehrer verkleiden und ermitteln.

In einem städtischen Gymnasium wird im Filmraum eine frisch verblutete Leiche gefunden. Es handelt sich um die Bildungsexpertin des Lokalanzeigers. Auch hier hüllen sich alle in eisiges Schweigen. Die Polizisten sinnieren auf dem Schulhof über die vielen Messerstiche und sehen den Schülern beim Rauchen zu. Nun kommt Wachtmeisterin Daniela P. zum Einsatz. Sie hat mal ein Praktikum im Kindergarten absolviert, bevor sie sich für den Polizeidienst entschied. Sie tauscht die Uniform mit Jeans und Turnschuhen, setzt eine Fensterglasbrille auf und eröffnet in der elften Klasse einen Diskurs über Schillers Frauenbild.

Disziplinprobleme in der Mittelstufe sind kein Thema für sie. Ein gelassener Blick, ein schneller Handgriff – und schon liegt der unverschämte Kleiderschrank aus der 9. Klasse zu ihren Füßen. Ihr Chef wird sie hoffentlich decken, wenn die Eltern des Jungen vor Gericht ziehen. Die Schüler beten Daniela P. an. Sie ist jung und schlagfertig, kann schnell rennen und raucht heimlich auf dem Klo. Die Jugendlichen vertrauen der neuen Lehrerin ihre Mathe-Probleme und den jeweiligen Liebeskummer an, sie gehen mit ihr Bier trinken und lästern über andere Lehrer. Daniela P. stellt geschickte Fangfragen, aber kein Mörder ist in Sicht. Abends bereitet sie sich manchmal auf den Unterricht vor, indem sie ein wenig im Internet surft oder ihren alten Deutschlehrer anruft.

Daniela P. ist die einzige Person im Kollegium (Durchschnittsalter: 53 Jahre), die Engagement mit Lebensweisheit und Courage paart. Die anderen Lehrer wirken sarkastisch, resigniert und gleichgültig. Sie wechseln die Laufrichtung, wenn ihnen prügelnde Schüler den Weg versperren, sie können eine Zigarette nicht von einem Joint unterscheiden und warten sehnsüchtig auf den Tag ihrer Pensionierung. Die Männer haben zotteliges dünnes Haar, tragen Jesuslatschen und Hosen mit hängendem Hintern. Die Frauen wirken verkniffen und verbiestert – bis auf die, die mit ihrem Fachleiter ein Verhältnis im Chemieraum hat. Kein Mensch merkt, dass die neue Kollegin mehr von Drogenrazzien und genetischen Fingerabdrücken als von Abiturklausuren versteht. Daniela P. hat einen Crashkurs in aktueller Bildungsrhetorik besucht und wirft mit Begriffen wie Exzellenzprogramm, Kompetenzteam, Paradigmenwechsel und mentale Aktivierung gekonnt um sich. Leider verrät sie sich fast, als ihr die Handschellen aus der Aktentasche fallen. Gekonnt kaschiert sie ihr Missgeschick mit einem zarten Erröten, und der Geschichtslehrer – geil, wie alte Lehrer im Fernsehen nun mal sind – träumt jetzt die ganze Zeit von fesselnden Spielchen mit der neuen Kollegin.

Neben ihren kriminologischen Ermittlungen gründet Daniela P. eine Schülerzeitung und eine Judo-Arbeitsgemeinschaft. Sie organisiert Schachturniere und Drachenbootrennen. Sie leitet eine Theatergruppe: Molière in Originalsprache. Sie verhindert, dass der einzige engagierte Kollege an eine andere Schule versetzt wird, und rettet eine suizidgefährdete Schülerin vom Dach. Geschickt spürt sie unterschwellige Konflikte, gewalttätige Väter und schließlich auch den Mörder auf. Es ist der Schulleiter mit seinen unbefriedigten Machtgelüsten. Die ermordete Journalistin war seine getarnte Zwillingsschwester, die das väterliche Erbe nicht teilen wollte. Außerdem hatte sie den Schulleiter als vertrottelten Pauker beschimpft.

Als Daniela P. den Täter in den Mannschaftswagen stopft und abfährt, haben die Schüler Tränen in den Augen. Sie betteln, dass Daniela doch bitte wiederkommen soll.

Ja, so kann Schule sein, wenn man sich ein bisschen engagiert.

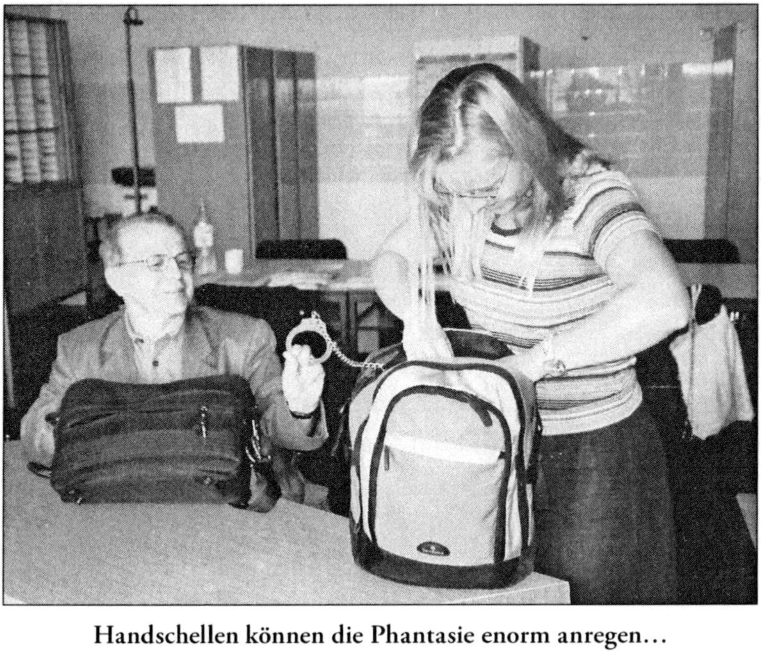

**Handschellen können die Phantasie enorm anregen…**

## 24. Kusch!!!

### Der schwere Gang zum Postamt

Es muss sein. Es lässt sich nicht länger hinauszögern. Ich brauche die Briefmarken unbedingt. Die Briefe müssen weg. Ich raffe all meine Widerstandskraft zusammen und lasse die Wohnungstür hinter mir ins Schloss fallen. Im Hausflur begegne ich meinem Nachbarn. Er sieht meinen Gesichtsausdruck und fragt mitleidig: »Zur Post?« Ich nicke. Man weiß nie, was einen dort erwartet.

Heute ist es die Variante: »Wir lernen Geduld!« Zwölf Leute stehen in der Warteschlange, und hinter dem Tresen ist nur eine einzige Bedienung zu erkennen. Die anderen drei Plätze sind geschlossen. »Dieser Schalter ist vorübergehend nicht besetzt. Wenden Sie sich mit Ihren dummen Fragen an den Nachbarschalter!«

Ich habe schon mal erlebt, dass mich drei Bedienungen erwartungsvoll anstarrten und ich die einzige Kundin in der Schalterhalle war. Oder habe ich das nur geträumt?

Ich reihe mich in die Warteschlange ein, zähle mein Geld ab und übe in Gedanken meinen Spruch: »Bitte zehn Briefmarken zu 55 Cent und 15 Briefmarken zu 45 Cent.« Nicht, dass ich versage, wenn ich an der Reihe bin.

Ein wenig aufgelockert wird die Wartezeit durch eine Frau, die mir beim Aufrücken ihren Kinderwagen in die Hacken schiebt. Ich verkneife mir einen Schmerzensschrei. Wer sich hier auffällig benimmt, muss ans Ende der Schlange zurück. Die Postbedienstete leistet harte Erziehungsarbeit. Manche Kunden haben sich nicht vorbereitet und geben nur unzulänglich oder zögerlich Auskunft über ihre Wünsche. Sie müssen deshalb belehrt und zurechtgewiesen werden. Wir sind auf der Post, das ist ein offizielles Amt, keine Billigmarkt-Klitsche. Hier haben die Angestellten noch Vollmachten und Befugnisse. Wer weiß schon, dass man Pakete im nächsten Getränkemarkt viel billiger auf den Weg bringen kann.

Vor der mürrisch wartenden Postangestellten steht seit mehreren Minuten eine ältere Dame. Sie wühlt aufgeregt in ihrer Handtasche, legt neue Ausweise und Belege auf den Tresen, aber der blaue Engel gibt nicht nach. »Also, ohne Vollmacht kann ich Ihnen überhaupt nichts aushändigen.« Die ältere Dame lässt in ihrer Angst, vergeblich gewartet zu haben, ihre Handtasche fallen. »Aber ich bin doch seine Frau, und er ist bettlägerig. Hier: sein Ausweis, sein Sparbuch.« »Nicht ohne Vollmacht!« »Aber ich habe jetzt so lange angestanden, und wir brauchen das Geld.« »Nicht ohne Vollmacht, meine Dame!« Das »Meine Dame« klingt wie eine Ohrfeige.

Tränenden Auges wankt die Kundin nach draußen. Begleitet von schadenfrohem Grinsen. Warum bereitet sie sich auch nicht ordentlich vor? Ich stecke ihr heimlich fünf Euro zu, falls sie Hunger hat. Die Postangestellte mustert uns böse und bellt den nächsten Kunden zu sich.

Die Schlange wächst und wächst. Mittlerweile stehen 20 Leute hinter mir. Einige wedeln ungeduldig mit roten Karten. Wenn ich ein Paket bekomme, klingelt der Zusteller gar nicht erst bei mir. Er hat mich nämlich ein Mal nicht angetroffen. Jetzt füllt er gleich die rote Karte aus und wirft sie in den Briefkasten. Ob es bei denen hier auch so ist?

Zwei weitere Postangestellte erscheinen. Die Wartenden atmen hörbar auf. Der Kinderwagen stößt mich zwei Schritte vorwärts. Die beiden neuen Service-Kräfte sehen sich die Menschenansammlung an und beginnen erst einmal ein »Dienstgespräch«. Sie drehen uns den Rücken zu, damit unser Anblick nicht so stört. Ein Kunde, ganz am Ende der Schlange, ruft: »Können Sie sich nicht später unterhalten?«

Wie auf ein Kommando verschwinden alle drei Postangestellten im Hinterzimmer. Fünf Minuten lang tut sich gar nichts. Ein vierter Angestellter kommt aus dem geheimnisvollen Hinterzimmer und sortiert das Wechselgeld an seinem Platz. Er legt die Broschüren kantenrein aufeinander, haucht die Stempel an und richtet seine Weste. Er mustert die Warteschlange und zieht kurz die Augenbrauen hoch. Ich werte das erfreut als Signal näher zu treten. »Warten Sie, bis Sie aufgerufen werden!!« »Aber ich dachte…« »Bis Sie aufgerufen werden, warten Sie hinter der Demarkationslinie, äh, Markierung!!«

Ich gehe rückwärts auf meinen alten Platz und stolpere über den Kinderwagen. Kaum habe ich meine Beine sortiert, lächelt der Postangestellte maliziös: »Ja, bitte, Sie wünschen?« Ich nähere mich erneut und stammle mein Sprüchlein. Vor Aufregung verwechsle ich die Mengenangaben, aber egal. Hauptsache, ich habe Briefmarken. »Könnte ich bitte eine Quittung haben?« »Das hätten Sie vorher sagen müssen, jetzt kann ich das nicht mehr in den Computer eingeben«, erklärt der Mann hinterm Tresen. Er mustert gleichgültig seine Fingernägel.

Ich reiche ihm einen dicken Brief hinüber. »Könnten Sie den bitte mal wiegen? Ich bin mir nicht sicher, was der kostet.« »Hundert Gramm? Zwei Euro.« »Aber das ist doch eine Büchersendung.« »Zwei Euro.« »Können Sie nicht mal in Ihrer

Broschüre nachsehen? Ich glaube, da steht was anderes.« »Zwei Euro, oder Sie nehmen Ihre Briefsendung wieder mit. – Eine Büchersendung muss offen sein. Ihr Brief lässt sich nicht ohne weiteres öffnen.« Er beginnt genüsslich, den Adhäsionsverschluss aufzuziehen. »Sehen Sie? Das geht nur ganz schwer.« Der Brief reißt ein. »Ich zeige Ihnen jetzt mal, wie man das macht!« Der Mann sucht im Regal nach Klebstreifen. Die Menge hinter mir sieht mich mordlüstern an, als ich mich entschuldigend umwende. Der Postangestellte zeigt mir in aller Ruhe, an welcher Stelle der Adhäsionsverschluss auf den Umschlag treffen muss, damit es sich um eine »offene Büchersendung« handelt. Ich bin froh, als er endlich seine Vorführung beendet. Ohne zu mucksen, zahle ich, was er verlangt. Jetzt sind es auf einmal vier Euro.

Der Kinderwagen fährt mir in die Hacken, die junge Mutter reicht ein großes Paket über meinen Kopf hinweg. Ich raffe meine Einkäufe an mich und sehe zu, so schnell wie möglich zu verschwinden. Daheim stelle ich fest, dass fünf Briefmarken fehlen. Eine Stimme in mir sagt schadenfroh: »Zählen Sie bitte sofort nach. Spätere Reklamationen sind zwecklos.«

Nach jedem Canossa-Gang zu meinem Postamt beschäftigt mich die Frage: Warum tragen sie auf der Post eigentlich so adrette Westen und keine schwarzen Lederanzüge mit Peitsche?

Im Frühling bin ich umgezogen. Zu der Wohnsiedlung gehört ein Concierge-Dienst. Das ist etwas Wunderbares: ein Büro, in dem mehrere Mitarbeiter darauf warten, dass sie etwas für mich tun können. Blumen gießen, Theaterkarten besorgen, im Urlaub den Briefkasten leeren und Pakete annehmen. Ich muss nur noch selten zur Post. Als es einmal doch nötig wird, gehe ich mit dem gewohnten Missmut los. Der Postangestellte macht einen Scherz, ist nett und freundlich. Ich bin völlig verunsichert. Ist das eine neue Methode, die Leute auf den Arm zu nehmen? Ich studiere ungläubig sein Gesicht. Nein, das Lächeln ist echt. Seine beiden Kollegen nebenan lächeln auch.

Liebe Postangestellte, ich nehme alles zurück. Mein Zorn gilt nur diesem einen Postamt im Westen Berlins. (Ich verkneife mir jetzt zu erwähnen, dass dort gleich die neuen Bundesländer beginnen.) Aber das ist nicht das einzige Problem in diesem Stadtteil. Ähnlich funktioniert auch das Finanzamt. Gehen Sie dort nicht hin! Schon die Pförtnerin ist eine echte Mutprobe. Ich weiß, wovon ich rede! – Ziehen Sie lieber um.

## 25. Weihnachtslabsal

Manch einer moniert, dass man bereits im September Lebkuchen und Dominosteine kaufen kann. Aber hohe Feiertage wollen gut vorbereitet sein. Seine Hochzeit plant man auch nicht erst zwei Wochen vorher.

Seit dem Altweibersommer werden in der Lehrerfortbildung Weihnachtstänze geübt. Wir schreiten mit und ohne Kerzen zu »Jingle Bells« und zum Lied vom Rentier mit der Säufernase. Gleich danach werden hektisch die Tanzschritte notiert, damit man sie am nächsten Tag den Schülern vermitteln kann. Die Weihnachtsfeier in der Schule kommt schneller, als man denkt.

Die Theatergruppe übt bereits unermüdlich den Sketch von Loriot, den mit der harmonischen Familie unterm Tannenbaum und dem niedlichen Atomkraftwerk. Alle Kollegen basteln mit ihren Klassen für den Weihnachtsbasar. Nur der Sozialkundelehrer weigert sich, diesen Konsumrummel mitzumachen. Das ist eine Ausrede. In Wirklichkeit ist er so ungeschickt, dass er sich schon beim Eierschälen verletzt.

Im Lehrerzimmer türmen sich Watteberge, seltsame Gebilde aus Goldfolie und selbst genähte Jutesäcke. Die Deutschfachleiterin stapelt auf ihrem Platz Adventslyrik und Weihnachtsprosa. Aus dem Musiksaal erklingen – wohl gemerkt, es ist September – besinnliche Weisen in Rock- und Pop-Fassung. Schüler bringen den »Little Drummer Boy« zu Gehör. Leider hatte ein Knabe die Idee, das Stück auf seiner Posaune zu begleiten. Er hat erst seit drei Monaten Unterricht. Ob man dem Musikkollegen davon abraten sollte? Seine Künstlerseele ist so empfindsam. Er wird es mit Sicherheit wieder falsch verstehen und monatelang nicht mit einem sprechen. Andererseits hat der Knabe zum Üben seiner weihnachtlichen Melodie noch drei Monate Zeit.

Schon im November übt der pensionierte Lateinlehrer für seinen alljährlichen Nikolausauftritt. Er wird mit Rauschebart und im alten roten Bademantel, der über dem Bauch spannt, im Schultor stehen und den Kindern Schokoladenengel überreichen. Früher haben die Schüler ihm nicht so aus der Hand gefressen. Er hätte es wie die Kollegin aus Jena machen sollen, zu deren pädagogischen Instrumentarium die Bonbonkiste gehört. Für jede gute Antwort dürfen die Zöglinge sich bedienen. Die Kollegin hat mal was von Pawlow'schen Reflexen gehört. Speichelfluss = Lerneifer = Bonbon.

Vor den Feiertagen wird auch dem neuen, dynamischen Schulleiter süßlich ums Herz. Er schreibt Dankesbriefe an seine Untergebenen und lobt wenigstens einmal im Jahr ihre Arbeit. Bittet um Verständnis für erlittenes Ungemach und künftige Mühsal. Aber auch zu Weihnachten kommt er nicht ohne kleine Seitenhiebe aus. Immerhin erwartet er kein Trinkgeld. So, wie der Briefträger, der Hausmeister, der Zeitungszusteller, die Müllmänner. Sie hängen einem hektographierte Glückwünsche in den Hausflur. Einer hat gleich seine Kontonummer mit angegeben. Ein Wochenende lang fülle ich Umschläge mit prägefrischen Geldscheinen. Klebe sie für den Postboten an den Briefkasten, für den Zeitungszusteller an die Wohnungstür und an die Mülltonnen für die Männer mit den orangen Schürzen, die in der Vorweihnachtszeit immer so nett grüßen. Schade eigentlich, dass Lehrer kein Trinkgeld bekommen. Bei den 250 Schülern, die ich unterrichte, würde da ein nettes Sümmchen zusammenkommen, ein kleiner Ausgleich für das stark reduzierte Weihnachtsgeld. Sophia schenkt mir immerhin einen zerbrochenen Lebkuchenmann aus ihrer aktuellen Backkollektion. Und Emma malt mir ein weißes Reh mit einer Kerze auf dem Kopf. Das Ideelle zählt!

Bei den Einkäufen gibt es viele nützliche Geschenke für den Stammkunden. Ich besitze bereits sieben Apotheken-Kalender, ein Stück Seife in Engelsform, einen Elch aus Hartmarzipan und jede Menge Früchtebrot und Stollen. Im Briefkasten finde ich nur noch Spendenaufrufe und Bettelbriefe, z.B. von der Vereinigung zum Schutz des Kabeljaus, vom Beamtenhilfswerk – und dieses Jahr erstmalig auch vom Schulsenator, der Fortbildungen und Förderkurse finanziert haben möchte. Etliche Hilfsorganisationen haben dezente Adressaufkleber mit goldenen Sternen für mich produziert, um mich zum »Dukaten-Ablegen« zu animieren.

In den Familien wird gestritten, wer in diesem Jahr die verbitterte Großtante einladen und wer den Karpfen ermorden muss. Die Zeitungen geben die Telefonnummern der Krisendienste bekannt, falls die weihnachtliche Harmonie ausartet. Die Kollegen in der Schule tauschen Feinschmeckerrezepte und organisieren Besäufnisse, pardon, Weihnachtsfeiern. In ihren Springstunden rennen sie zu Eduscho oder Tchibo und suchen in den Sonderangeboten nach fehlenden Geschenken. Die Bons muss man sorgfältig aufheben, damit nach Weihnachten umgetauscht werden kann. Klassenlehrer haben das Vergnügen, mit ihren Schülern wilde Weihnachtsfeiern zu gestalten. Aus den Klassenzimmern dröhnen Rap und türkische Bauchtanzmusik. Die Schüler streiten sich um die vier schuleigenen Kassettenrecorder. Eine Kollegin bekommt von ihrer 10. Klasse einen Tanga, der im Dunkeln leuchtet. Leider will sie ihn bei der Kollegiumsfeier nicht vorführen, obwohl wir sie sehr bitten.

Für ihre Graffitis im Schulgebäude benutzen die lieben Kleinen jetzt goldene Eddings. Der Filmraum ist ständig ausgebucht. Zu spät merkt die Deutschlehrerin, dass in dem Video, das ihr die Schüler als besinnlichen Weihnachtsfilm aufgedrängt haben, der Teufel auf die Erde kommt und einen Sohn zeugt. Und das kurz vor dem Christfest. Gleich am ersten Schultag werden Eltern auf der Matte stehen, um sich zu beschweren.

Zum Basar und zur Weihnachtsfeier erscheinen nur wenige Mütter und Väter. Also kaufen die Lehrer selber notgedrungen all die reizenden Kleinigkeiten, die sie mit den Schülern vorher gebastelt haben. Heftig applaudieren sie den kulturellen Darbietungen, damit die Kinder nicht enttäuscht sind.

Der Klassenlehrer beschließt, Koljas Tadel vor den Ferien nicht mehr rauszuschicken. Er will ja niemandem das Fest verderben.

Frohe Weihnacht überall!

# 26. Dafür hast du also Zeit!

## Reaktionen, Rezeptionen, Rezensionen

Es gibt viel mehr Schriftsteller und literarische Quartette, als man so denkt. »Jeder, der einen Griffel halten kann, meint doch, er könne schreiben«, bemerkt trocken die Chefredakteurin.

»Sie wollen wissen, wann Ihr Text erscheint?«, fragt die Ressortleiterin. »Das wird noch dauern. Wir können mit Manuskripten die Wände tapezieren!« Klein und bescheiden verabschiede ich mich, nachdem ich noch erfahren habe, was »Stehsatz« ist: Mein Text ist zwar akzeptiert und auch im entsprechenden Format gesetzt, aber aus der aktuellen Ausgabe fiel er grad raus, weil eine Werbeseite für Brausepulver reinkam. Und so wartet meine Glosse im Stehsatz, dass jemand sie eines Tages findet.

Seit meiner ersten Veröffentlichung in einer Zeitung hat sich um mich herum ein Ozean an Literaten aufgetan, die ebenfalls auf den Pulitzer-Preis warten. »Ich schreibe auch!«, offenbaren sie sich. Bisweilen vertrauen mir »Konkurrenten« ihre Werke an – verbunden mit dem tiefen Wunsch, dass ich ihre Gedichte und Bekenntnisse irgendwo unterbringe. Ähnliche Illusionen hegen Menschen, die ihr transliterarisches Wirken gewürdigt wissen wollen: Ich soll ihnen einen Reporter vorbeischicken. Und einen Fotografen.

»Du hast doch einen Draht zum Abendblatt?!«, heißt es vorwurfsvoll, als ich zögere.

In ihren Augen verhindere ich die Honorierung ihres Lebenswerkes im Lokalteil. Aus purer Gemeinheit vermittle ich ihren

Namen nicht weiter. Und schaffe ich es wirklich mal, einen Redakteur auf eine meditative Lesung in einer Friedhofskapelle aufmerksam zu machen, kommen hinterher Beschwerden zu mir, dass der Artikel zu kurz, das Foto unscharf und der Name falsch geschrieben war.

So ein gewisser Ruhm ist aber auch angenehm. Plötzlich umarmen mich Leute, die ich gar nicht kenne. Fragen nach der Gesundheit und nach weiteren Büchern. Lästig allerdings ist es, wenn in den Texten ständig nach Autobiografischem gefahndet wird. Das ist die Folge dieser unseligen Bekenntnisliteratur: »Wenn meine Leber reden könnte«, »Wie die 68er mein Leben ruinierten« oder »Am Tisch mit meiner Depression«.

Neugierig fragen die Leser: »Hast du wirklich mal sechs Richtige im Lotto gehabt?« oder »War dein Schulleiter echt so tyrannisch?« Mich betrübt, dass man mir so eine begrenzte Phantasie unterstellt und lüstern in meinen Glossen nach Bekannten sucht, die es erwischt hat. Manchmal hören die Gespräche im Lehrerzimmer auf, wenn ich dazukomme. Ich brauche nur leicht zu grinsen, schon heißt es: »Pass auf, sonst schreibt sie darüber!« Andere erlauben mir bei jedem ihrer Kalauer: »Kannst du ruhig zitieren!«

Schüler, denen ein Buch von mir in die Hände fällt, identifizieren begeistert Lehrer und Mitschüler und wollen partout nicht glauben, dass ich diese Personen noch nicht kannte, als ich die Texte schrieb. »Das ist aber Herr Spindler! Der schielt auch immer den Mädchen in den Ausschnitt!« Selbst Lehrer in Österreich und Luxemburg erkennen ihre Fachbereichsleiter wieder.

Eine skeptische Kollegin dreht mein Buch in den Händen und bemerkt schnippisch: »Dafür hast du also Zeit!« Sie legt es zurück auf den Stapel, denn sie hat gerade kein Geld dabei. (Ganz viele Lehrer sind ohne jeden Cent unterwegs, wenn man gerade Spenden für irgendein Jubiläum oder einen Geburtstag sammelt.) Sicher, ich könnte in meiner Freizeit auch den Garten umgraben, das Auto polieren oder einen Meter Schal stricken. Aber ich habe keinen Garten, kann nicht kochen, stricken oder Tennis spielen. Was bleibt mir da anderes übrig, als Glossen und Kolumnen zu schreiben?

Erfolg macht übermütig. Deswegen braucht man Leute, die einen auf den Boden der Realität zurückziehen. Schon Cäsar führte im Triumphwagen stets einen Sklaven mit sich, der ihm zuflüstern musste: »Bedenke, dass du nur ein Mensch bist.« Hat unser früherer Lateinlehrer erzählt. Beschweren Sie sich bei ihm, falls das nicht stimmt. Die neuere Cäsarenforschung ist mir nicht zugänglich. Nein, natürlich bin ich nicht so größenwahnsinnig, mich mit Cäsar vergleichen zu wollen. Ich habe keinerlei Eroberungsfeldzüge vor.

»Stammtischniveau!« teilt mir das Redaktionskollektiv einer Lehrerzeitung mit. »Larmoyant und wehleidig«, befindet ein anderes. Diverse Kolleginnen flöten zuckersüß: »Das könnten wir natürlich auch, wenn wir die Zeit dafür hätten.« – »Reduziert doch auch eure Stelle, dann habt ihr genauso viel Zeit!« Ein giftiger Blick vertreibt mich.

»Alles schon mal gelesen, aber trotzdem nett«, verkündet ein Kollege und klopft mir auf die Schulter. »Immer macht sie sich auf Kosten der Schüler lustig«, schreibt ein Leser empört, und die Redaktion verabschiedet flugs eine Resolution, keine weiteren Texte von mir zu drucken. Ersatz ist schnell gefunden, schließlich wimmelt es überall von Autoren, Publizisten und Literaten.

Ein Erziehungswissenschaftler, wie üblich fernab der Schulrealität, urteilt über mein Buch: »Wer's mag, mag's mögen.« Er fühlt sich verpflichtet, potentielle Leser vor Begriffsspielerei und Querulantentum zu warnen. Und denkt ganz ernsthaft, über seine Rezension würde ich mich kindisch freuen.

Am schönsten sind Leserbriefe, die tiefernst auf Satirisches eingehen, sich an einzelnen ironischen Formulierungen festbeißen und mangelnde Differenzierung beklagen. Ich würde die Lehrer verunglimpfen und an ihrem Image kratzen, ist ein Vorwurf, der mir besonders gut gefällt. Humor ist eine diffizile Angelegenheit! Ich habe einen Stammkunden, der mein journalistisches Unwesen schon seit Jahren verfolgt und mir regelmäßig humanistisch-verquaste Leserbriefe schreibt. Ein wenig mehr Humor würde manchem Kollegen gut tun. Schüler mögen Lehrer, die bei aller ernsthaften Missionsarbeit mal einen Scherz machen.

Manchmal schreibe ich auch Erziehungstipps, Texte über Schulmüdigkeit oder Mobbing. Leider darf man da niemanden durch den Kakao ziehen, sondern muss seriös und sachlich bleiben. Wie langweilig! Bei Reportagen merke ich, welche Macht die Presse hat. Leute, die vermuten, ich könnte über sie oder ihr Schuhgeschäft schreiben, führen mir ihre Kinder zum Fotografieren zu, servieren edle Speisen, schenken mir Bücher und Weine. Leider keine Kreuzfahrten, Pferde und Sportwagen. Aber das kommt vielleicht noch, ich habe schließlich Zeit.

Was bleibt mir anderes übrig, als despektierliche Texte zu verfassen?

Schüler mögen Lehrer, die auch mal einen Scherz machen…